Chère Lectrice,

*Le coup de foudre, l'irrésistible séduction, ce sont
des choses qui existent.
Vous découvrirez en lisant ce volume de la Série
Désir l'émoi délicieux d'une passion vécue à deux.
Vous adorerez sa troublante sensualité.
Duo connaît bien l'amour. Avec la Série Désir, vous
vivrez l'inoubliable.*

**Désir, la série haute passion,
six romans par mois.**

VOUS NOUS ÉCRIVEZ...

J'adore lire et j'ai trouvé dans la collection DUO tout ce qu'une femme désire au plus profond d'elle-même : la passion vraie, le bonheur, la magie d'un amour capable de lutter contre tous les obstacles.

C'est pour ces raisons que j'ai particulièrement aimé « Un goût de paradis », dans la série Désir.

Toutes mes félicitations!

Myriam S. *Evreux*

Série Désir

ELIZABETH LOWELL

Difficile conquête

Les livres que votre cœur attend

Titre original : *Summer Thunder* (77)
© 1983, Ann Maxwell
Originally published by SILHOUETTE BOOKS
a Simon & Schuster division of Gulf
& Western Corporation, New York

Traduction française de : Dorothée Brooks
© 1984, Éditions J'ai Lu
27, rue Cassette, 75006 Paris

1

— Concentre-toi, Diana, et souris ! Souris comme si j'étais ton amoureux ! Imagine-le... fais semblant d'y croire !

Malgré la chaleur et la fatigue, malgré l'insolence cruelle de Jerry, Olivia Diana North se prêta au jeu. Le flash crépita, aveuglant, captant le sourire mystérieux de la belle cover-girl. Pourtant, ce fut au prix d'un immense effort qu'elle se retint de répondre aux sous-entendus perfides du plus célèbre photographe de mode des Etats-Unis, Jerry Wilson. Depuis qu'elle avait refusé ses avances, il était devenu tellement odieux et arrogant avec elle !

— C'est mieux... Mais je veux plus de sensualité, plus de conviction ! Et même si ce n'est pas spontané, je ne veux pas le savoir !

Docilement, elle sourit encore, baissa les paupières. Sa longue chevelure brune tombait en cascade sur ses épaules nues, encadrant son visage harmonieux aux pommettes hautes, aux traits fins et au modelé parfait qui avaient transformé une jeune fille appelée Olivia en Diana, cover-girl de réputation internationale.

— Bon! Maintenant, tourne-toi! Fais voler tes cheveux! Il faut que tout homme qui te regarde rêve de les sentir effleurer sa peau!

Olivia se tourna avec cette grâce fluide et naturelle qui faisait partie de sa personnalité tout autant que ses longues jambes et son corps svelte. La chaleur étouffante qui accablait toute l'équipe de prises de vue la grisait comme une coupe de champagne. Car là, dans ce désert de Palm Springs où elle avait grandi, elle retrouvait la lumière de son enfance et le brûlant soleil de Californie qui donnait à son teint un éclat extraordinaire.

Ainsi, il avait donc fallu le hasard d'une séance de pose pour qu'elle retrouve sa région natale — celle, aussi, où vivait Lincoln McKenzie, le seul homme qui ait jamais fait battre son cœur. L'homme qu'elle n'avait pu oublier, malgré les années, malgré les voyages lointains qui l'avaient conduite en Orient et en Europe... A présent, elle ne pouvait ignorer sa présence toute proche. Une présence que tout, ici, évoquait. Aussi fort que les montagnes avoisinantes, Lincoln appartenait à ce désert, comme lui ardent, sauvage, implacable. Et, tout autant que le soleil, les souvenirs du passé brûlaient la peau d'Olivia...

A l'âge de neuf ans, elle avait commencé à vouer à Lincoln une véritable adoration : il en avait alors dix-sept et dressait les pur-sang arabes dont les McKenzie faisaient l'élevage. L'image du jour où elle l'avait vu pour la première fois était si profondément gravée dans sa mémoire qu'elle pouvait encore voir le sourire de Lincoln, l'éclat de ses yeux noisette, respirer l'odeur de l'avoine fraîchement coupée, sentir les battements de son cœur d'enfant.

— Parfait! Tourne-toi! cria Jerry.

6

Elle obéit comme un automate, l'esprit ailleurs. La réalité avait cessé d'exister et le passé surgissait avec une précision inouïe.

A quel moment la vénération craintive qu'elle vouait à Lincoln s'était-elle transformée en une véritable passion ? Elle n'aurait su le dire. Elle se souvenait très bien, par contre, que la propriété des North était mitoyenne avec le ranch des McKenzie, mais que les deux familles ne se fréquentaient pas. Elle apercevait Lincoln à toutes les expositions et ventes de chevaux et le rencontrait parfois à Palm Springs lorsqu'elle allait faire des courses avec sa mère. Chaque fois, la petite fille, puis l'adolescente qu'elle était devenue, était un peu plus fascinée par le charme du très séduisant Lincoln. Chaque fois, elle souffrait un peu plus à l'idée qu'il ne lui manifestait aucun intérêt particulier...

— C'est bien ! Un beau sourire maintenant !

Elle sourit devant l'appareil mais elle ne voyait, en réalité, que la lointaine soirée où, chez les McKenzie, elle avait gardé la petite sœur de Lincoln, Elizabeth. Les parents étaient rentrés très tard, ivres ; jamais elle n'avait vu des gens s'injurier de la sorte. Elle en avait été bouleversée...

Par bonheur, Lincoln était arrivé et lui avait proposé de la raccompagner. Elle se rappellerait toute sa vie ce délicieux moment d'intimité passé avec lui dans la voiture, sa belle voix grave et rassurante. C'était par une chaude soirée d'été — elle lui avait alors timidement confié qu'à minuit elle aurait tout juste seize ans.

— Seize ans... avait-il murmuré. L'âge où l'on a tout à apprendre, tout à espérer de la vie...

C'est alors qu'il avait arrêté la voiture pour enlacer Olivia et lui donner un baiser long et passionné, le baiser ardent d'un homme à la femme qu'il désire. Elle y avait répondu avec un abandon innocent, dans un frémissement de tout son être, émerveillée par les sensations grisantes qu'il éveillait en elle. Puis, s'écartant d'elle à regret, Lincoln avait pris le visage d'Olivia entre ses mains et, à la lumière du clair de lune, l'avait contemplée avec intensité, comme pour graver dans sa mémoire la magie de cet instant.

— Bravo! Ça, c'est un sourire! s'écria Jerry, triomphant. Si je ne te connaissais pas, j'y croirais vraiment!

Mais Diana ne l'entendait pas. A nouveau, elle était Olivia, elle avait seize ans et souriait à l'homme aimé...

Le lendemain de cette inoubliable journée, Lincoln l'avait invitée à passer la soirée avec lui, mais elle avait dû refuser, ayant promis de garder un enfant d'une famille voisine.

Ce soir-là précisément elle avait été frappée par un malheur épouvantable et son univers d'adolescente choyée et heureuse s'était brusquement écroulé. Ses parents furent mortellement blessés dans un accident de voiture en heurtant de plein fouet un autre véhicule.

Ce fut Lincoln qui lui annonça la terrible nouvelle. Elle se jeta dans ses bras en sanglotant et il la conduisit à l'hôpital où l'on tentait de réanimer M. et Mme North. Plus tard, elle apprit que les McKenzie se trouvaient dans l'autre voiture et qu'ils avaient été tués lors de l'effroyable choc. Mais, sur le moment, Lincoln ne lui en avait rien dit et l'avait soutenue lorsqu'on était venu lui annoncer le décès de ses parents. Puis elle s'était évanouie dans ses bras...

Lorsqu'elle se réveilla, dans un lit d'hôpital, sa tante Sandra était là. Pour lui éviter le traumatisme d'un retour au ranch familial, Sandra emmena Olivia à New York, où elle dirigeait une agence de modèles. Deux ans plus tard, la timide jeune fille était devenue le mannequin-vedette des plus prestigieux magazines américains et européens. A vingt ans, le grand styliste européen, Royce, la choisissait pour être la femme qui incarnerait et symboliserait Magie de femme, une gamme luxueuse de parfums, de bijoux, de fourrures et de lingerie.

Dans l'exercice de son métier, elle utilisait son second prénom, Diana. C'était sa façon de se distinguer de la capiteuse créature qu'elle devenait — rayonnante, sensuelle, extraordinairement belle — sous les feux des projecteurs et les flashes des appareils photo. Une femme sophistiquée en laquelle elle ne se reconnaissait pas totalement lorsqu'elle la contemplait sur les couvertures des magazines ou à la télévision...

Pourtant, bien qu'elle fût, pour beaucoup d'hommes, la séduction faite femme, Olivia North n'avait aucune expérience de l'amour...

— Cambre-toi un peu plus, fais bouger ton visage, offre-le à la caresse du soleil, comme si tu t'apprêtais à recevoir un baiser...

Un mouvement de tête fit danser ses cheveux qui cascadèrent jusqu'au creux de ses reins. S'ils avaient pu être aussi longs, aussi beaux, quand Lincoln y glissait ses doigts ! Pourquoi ne pouvait-elle avoir à nouveau seize ans, être dans ses bras, sentir son étreinte passionnée ?

— Magnifique ! Si je ne te connaissais pas si bien, je jurerais que tu es la plus sensuelle des créatures !

Perdue dans son rêve, Olivia ne l'entendait pas et souriait au seul homme qu'elle ait jamais aimé. Cet homme qu'elle voyait comme s'il se fût tenu là, devant elle, aux cheveux châtains entremêlés de mèches fauves, aux yeux d'ambre pailletés de vert ou de brun selon la lumière et selon son humeur, et qui la regardait avec émotion.

Et, soudain, le passé et le présent se rejoignirent.

Elle comprit que ce n'était pas à une ombre qu'elle tendait les bras, mais à un homme bien vivant...

Lincoln était là !

Il fendit la foule des machinistes qu'il dominait de sa haute taille, mais le regard qu'il lança à Olivia était plein de mépris... Elle sentit son sang se glacer dans ses veines, son rêve merveilleux prenait fin brutalement.

— Réveille-toi, Diana ! s'écria Jerry.

Diana... Oui, c'était bien elle. Elle ne s'appelait plus Olivia, elle n'était plus l'adolescente maladroite et un peu gauche de ses seize ans, mais un mannequin professionnel...

Machinalement, elle prit une pose provocante, la main sur la hanche, le visage rejeté en arrière, dans un mouvement gracieux.

— Secoue-toi un peu et bouge ! s'exclama Jerry, impatient.

Elle se retourna lentement et aperçut Lincoln qui la contemplait avec une implacable ironie. Dans son fourreau de soie qui épousait insolemment son corps, elle se sentit soudain mal à l'aise — presque nue. Après un instant d'hésitation, elle se leva et s'éloigna en direction de la camionnette luxueusement aménagée qui la suivait partout dans ses déplacements.

— Diana ! cria Jerry Wilson. Où vas-tu ? Je venais juste de commencer !

— Et moi, je viens juste de terminer ! répondit-elle sans cacher son irritation.

Elle fouilla dans son sac de voyage personnel et y trouva ce qu'elle cherchait : une paire de lunettes de soleil et une bouteille d'eau minérale dont elle but quelques gorgées rafraîchissantes avant d'en faire couler sur ses bras.

— Que diable es-tu en train de faire ? hurla le photographe.

Ce fut Royce qui prit la défense de son mannequin vedette en décrétant d'une voix tranchante :

— Il me semble que Diana a assez travaillé
pour aujourd'hui. Et je trouve même qu'elle a
une patience d'ange avec toi !

A ces mots, elle se tourna vers son patron et lui
adressa un regard plein de gratitude. Grand, très
élégant, il n'avait pas seulement un extraordinaire talent créatif ; c'était aussi un gentleman.

— Vous êtes bien pâle tout à coup, Diana...

— Ces trois heures de pose m'ont épuisée,
reconnut-elle.

— Si j'avais su, j'aurais engagé un autre photographe. Jerry est détestable et cruel avec les
modèles qui se refusent à lui et...

— Non. Il n'y est pour rien.

Et c'était la vérité. Lincoln est seul responsable, songea-t-elle. Et moi aussi, je suis coupable
d'avoir cédé à la séduction d'un rêve...

— J'étais tellement concentrée que je n'ai pas
vu le temps passer...

— C'est ce qui fait de vous une cover-girl
unique, dit Royce d'un air affectueux et admiratif
à la fois. Vous êtes à bout de forces, Diana. Je
vous conseille de rentrer à l'hôtel et de nager un
peu dans la piscine. Mais pas trop longtemps,
sinon...

— Sinon, le soleil risque de brûler ma peau et
je serais indisponible pour « Magie de femme »,
n'est-ce pas ?

Il éclata de rire.

— Comment pourrais-je ne pas vous aimer,
vous qui me comprenez si bien !

Elle lui retourna son sourire. Roger Royce
n'était pas seulement son patron, mais aussi
son allié le plus fidèle, son complice, son ami.
Lorsqu'il lui avait avoué être amoureux d'elle,
elle lui avait gentiment ôté tout espoir et, depuis,
il l'entourait d'une affection vigilante. Peut-être

se berçait-il encore d'illusions, s'imaginait-il qu'un jour elle changerait d'avis ?

— Désolé de troubler ce touchant tête-à-tête, mais on m'a dit que Roger Royce était ici.

Cette voix, elle l'aurait reconnue entre toutes...

— Je suis Roger Royce.

— Je me présente : Lincoln McKenzie.

Roger Royce contempla cet homme sombre et hautain et le jaugea d'un œil froid et professionnel.

— Un mètre quatre-vingt-cinq au moins. Carrure athlétique. Vêtements de cow-boy à proscrire si je vous engage. De l'allure, de la force, de la puissance. Pas mal... pas mal du tout. A l'exception du visage peut-être. Un peu trop... inquiétant. Savez-vous sourire, Lincoln McKenzie ?

Stupéfaite, Olivia comprit la méprise de Roger ; il prenait Lincoln pour un candidat à la figuration ! Roger secoua la tête d'un air désolé.

— Non, vous ne faites pas l'affaire. Dites à votre agence de nous envoyer quelqu'un de plus avenant, et dites-leur aussi de se dépêcher. Le tournage commence lundi matin à Hidden Springs.

— Non, répondit Lincoln.

Il ne souriait plus et ses traits s'étaient durcis. Effrayée, Olivia ne reconnut pas en lui l'homme tendre et chaleureux qu'il avait été.

— Que voulez-vous dire ? Qu'ils n'ont personne d'autre ? Ou qu'ils ne veulent pas se dépêcher ?

— Ni l'un ni l'autre.

— Expliquez-vous !

— Je ne suis pas mannequin et ce n'est pas une agence qui m'envoie.

— Comment ? demanda Roger Royce d'un air incrédule.

— Je gère le domaine de Hidden Springs.

— C'est justement là que nous irons tourner lundi.

— Non, vous ne tournerez pas là ! Ni lundi ni un autre jour !

— Voulez-vous répéter cette phrase ?

— Je n'aime pas les viveurs et les femmes légères, et je ne tolérerai pas leur présence dans mon ranch, déclara-t-il d'une voix étrangement calme.

Trop bouleversée pour protester, Olivia blêmit et Roger la regarda sans comprendre. Il savait que la propriété de Hidden Springs appartenait à la société dirigée par Sandra, la tante de sa protégée. Et c'était même Olivia qui avait eu l'idée de situer le tournage des publicités dans ce cadre qu'elle estimait idéal.

— Je ne comprends pas votre point de vue, monsieur McKenzie. Je suis un styliste et un créateur de mode, rien d'autre... Et je vends des produits prestigieux.

— Et elle, que vend-elle ? rétorqua-t-il en posant sur Diana un regard froid et cynique qui l'humilia mieux qu'une gifle.

Instinctivement, Roger l'enlaça par les épaules en un geste protecteur et possessif à la fois.

— Faites des excuses à Diana et partez d'ici !

— Je n'ai pas à m'excuser de dire la vérité. Si elle a peur des mots, qu'elle change de métier !

Indignée, révoltée, Diana échappa au bras de Roger et affronta Lincoln d'un air de défi.

— Je suis ravie de tourner à Hidden Springs et je le serai encore plus si cela doit vous être désagréable.

— Personne ne peut entrer dans la propriété sans mon autorisation.

— Vraiment ? Nous possédons pourtant une lettre de la propriétaire nous donnant la permission de nous installer tout l'été si nous en avons envie.

A ces mots, Lincoln parut désarçonné. Une expression étrange, indéchiffrable, transforma ses traits.

— Olivia ?... Vous voulez dire qu'Olivia North vous a permis de séjourner à Hidden Springs ?

Elle retint son souffle et son cœur se mit à battre violemment, douloureusement. Ainsi, l'homme qu'elle aimait depuis tant d'années ne l'avait pas reconnue ! Au fond, qu'y avait-il d'étonnant à cela ? Elle avait tellement changé en six ans ! A l'exception des yeux, peut-être, mais ils étaient cachés par ses lunettes teintées.

Quant à Roger, il était bien trop ébahi pour penser à lui dire qu'Olivia et Diana étaient une seule et même personne... Avant qu'il n'ait eu le temps de réagir, elle enchaîna :

— Oui, Olivia nous a donné l'autorisation de séjourner à Hidden Springs.

— Je me refuse à le croire. Olivia ne fréquenterait pas des gens comme vous.

De peur que Roger ne révèle à Lincoln sa véritable identité, elle lui murmura dans un souffle :

— Laissez-moi défendre Olivia. Après tout, n'est-elle pas ma meilleure amie ?

Puis, se tournant vers Lincoln :

— Vous connaissez bien Olivia ? demanda-t-elle d'une voix bien timbrée, claire et impersonnelle.

— Je l'ai bien connue. Il y a six ans que je ne l'ai pas revue.

— On change beaucoup en six ans.

— La jeune femme qu'elle était n'aurait jamais pu appartenir à ce milieu corrompu...

— Sur ce point, nous sommes bien d'accord.

Surpris, Lincoln esquissa un sourire.

— Alors, cela signifie que vous la connaissez peut-être un peu.

— Mieux que vous, assurément !

Elle regretta aussitôt ses paroles, car elle voulait à tout prix éviter que Lincoln ne l'interroge plus précisément à ce sujet. Certes, il méprisait Diana, mais elle voulait qu'il garde intacte en lui l'image de la jeune Olivia...

— Du moins, rectifia-t-elle, suffisamment pour pouvoir vous affirmer que nous commencerons à tourner lundi à Hidden Springs.

— C'est moi qui m'occupe de la propriété en son absence. Si je refuse, elle refusera aussi.

— Pour cela, il faudrait d'abord arriver à la joindre, dit Roger en se retenant de rire. Je crois savoir qu'elle est partie faire un safari en Afrique.

— Exact, renchérit Diana. Elle ne sera de retour à Manhattan que dans quelques semaines. Je crains que vous n'ayez perdu d'avance cette bataille.

— Votre insolence dépasse les bornes ! Avant de vous apprendre à séduire et à plaire, on aurait dû vous apprendre à vous taire ! Les créatures comme vous ressemblent à la foudre : elles sont belles, mais gare à qui s'en approche !

Elle accusa le choc sans tressaillir et murmura :

— Disparaissez !

Durant quelques secondes, un silence menaçant régna, brusquement rompu par une voix de femme qui s'adressa à Lincoln.

— Ah ! Je vous trouve enfin, mon cher Lincoln !

L'inconnue posa sur son bras une main possessive où elle s'attarda complaisamment. Olivia la contempla : petite, menue, blonde, elle avait l'air d'une poupée de porcelaine fragile, si fragile en comparaison de Lincoln !

— Tiens, Lyn... Déjà rentrée de ton petit tour des magasins ? lui demanda Lincoln en souriant.

Pour toute réponse, elle fit une petite moue que Jerry aurait sûrement aimé photographier et fit glisser ses ongles laqués de rose sur sa main.

15

— J'ai déniché trois robes et le déshabillé le plus adorable que tu aies jamais vu.

Lorsqu'elle aperçut Olivia, ses yeux bleus devinrent d'une dureté d'acier.

— Je veux dire pour une vraie femme... ajouta-t-elle perfidement.

Lincoln éclata de rire et enroula une boucle blonde autour de ses doigts.

— Eh bien ! Il me semble que tu as aiguisé tes griffes !

La révélation de l'intimité complice qui régnait entre Lincoln et cette inconnue bouleversa Olivia, mais elle n'en laissa rien paraître. Elle jouerait jusqu'au bout son rôle de mannequin professionnel fermement déterminé à prendre en main sa carrière. La mort de ses parents lui avait appris qu'il fallait se battre ou sombrer. Elle survivrait à cette seconde épreuve, dût-elle renoncer à son beau rêve d'adolescente...

Courageusement, elle s'adressa à Lincoln :

— Avant de reprocher aux autres leur mauvais goût, songez à vous interroger sur le vôtre !

Sur ces mots cinglants, elle tourna les talons et lança à Roger Royce :

— Je suis épuisée. Je rentre à l'hôtel.

Elle s'éloigna lentement, insensible à la morsure du soleil sur sa peau, incapable de retenir ses larmes. Olivia Diana venait de comprendre — mais trop tard — qu'elle n'était revenue à Palm Springs que dans l'espoir de croiser le chemin de Lincoln McKenzie, de l'éblouir, de retrouver le chemin de son cœur... A sa place, elle n'avait découvert qu'un étranger dont le mépris et les sarcasmes l'avaient profondément blessée.

Fallait-il qu'elle fût devenue folle pour croire, en dépit de tout, que les rêves les plus merveilleux pouvaient devenir réalité ?

2

A l'arrière de la Jeep qu'elle avait louée, Olivia
entreprit de ranger méthodiquement son sac de
couchage, sa tente et des cartons remplis de
provisions, puis elle se retourna vers Roger, qui
l'observait avec inquiétude.

— Cessez de vous faire du souci ! dit-elle en
souriant. Quand j'ai commencé à camper à Hidden Springs, j'avais quatre ans !

Il soupira.

— Diana... Mais vous n'êtes plus Diana, n'est-
ce pas ?

Il regarda son chignon strict et son visage sans
fard. Elle portait des vêtements de sport simples
et confortables et des chaussures robustes.

— Vous êtes vraiment la femme la plus étonnante que je connaisse, Olivia Diana. Si ce n'était
vos yeux extraordinaires, je ne suis pas certain
que je vous reconnaîtrais... Pas étonnant que les
photographes de mode vous aiment tant !

— Parce que je n'ai pas de personnalité, n'est-ce pas ? Parce qu'ils peuvent modeler mon image au gré de leur fantaisie ?

Il prit ses mains dans les siennes et les pressa tendrement.

— Non, ce n'est pas ce que je voulais dire.

— Je le sais bien.

Elle poussa un soupir et emporta vers la Jeep un sac de voyage.

— Laissez-moi partir avec vous.

Un instant désarçonnée, Olivia sourit et secoua la tête.

— Vous ? Camper ? Je ne vous imagine pas du tout...

— Moi, si ! Surtout avec vous. Je vous promets d'être très sage...

— Parlez-vous sérieusement ?

— Très sérieusement.

Malgré toute l'amitié qu'elle portait à Roger, elle n'avait aucune envie de passer trois jours en sa compagnie. Ce qu'elle désirait, par-dessus tout, c'était se retrouver seule, dans le silence et la paix du désert, au milieu des étendues sauvages de Hidden Springs.

Il lut son refus sur son visage crispé, légèrement pâle.

— Alors c'est non ? Je craignais... que ce grossier cow-boy ne vous ait terrorisée. Vous sentez-vous mieux ce matin ?

— Oui.

— Ce n'est pas mon impression. Il y a quelque chose entre vous, n'est-ce pas ?

— Non ! s'écria-t-elle avec véhémence.

Puis elle se ressaisit, de peur de se trahir.

— Simplement, c'est la première fois que je reviens ici depuis la mort de mes parents. Je pense au passé et...

— Je comprends, mais ce sera encore pire à Hidden Springs... Vous ne devriez pas y aller seule, Diana, lui conseilla-t-il avec une sollicitude qui la toucha.

— Tout ira bien, je vous assure. Merci de prendre soin de moi.

D'un baiser léger, elle effleura sa joue. Roger posa ses mains sur ses épaules et la contempla intensément.

— Je pourrais être plus attentif encore si vous me laissiez ma chance, ajouta-t-il d'une voix persuasive.

Elle ne se sentit pas le droit d'encourager par son silence et ses réponses évasives le seul véritable ami qui lui restât fidèle et déclara d'une voix étranglée.

— Croyez-moi, Roger, vous seriez déçu. Un jour, vous rencontrerez une femme belle, tendre, et surtout sensuelle...

— Que voulez-vous dire, Diana ? demanda-t-il, intrigué.

Puis il plissa le front et ses yeux brillèrent d'indignation.

— Vous n'avez pas le droit de vous laisser impressionner par les sarcasmes de Jerry ! Vous l'avez blessé dans son amour-propre et c'est sa manière à lui de se venger. N'en croyez pas un mot. Et quand je songe à la femme de mes rêves, c'est vers vous que se portent mes pensées... Vous, fragile et chatoyante comme la soie ; vous, qui méritez un homme aussi doux...

Doux, Lincoln l'avait été — et si fort, aussi ! A cette idée, les larmes lui vinrent aux yeux.

— Je suis désolé, Diana, je ne voulais pas vous faire de la peine. Vous ne m'en voulez pas ?

— Non, Roger, dit-elle d'un air mélancolique. Et vous ?

— J'ai l'habitude de vos refus, mais sachez que je ne m'y résigne pas et que je vous attendrai aussi longtemps qu'il le faudra.

19

Sans répondre, elle s'installa au volant de la Jeep et mit le contact.

— Rendez-vous lundi matin à Hidden Springs !

Pour se protéger du soleil brûlant, elle posa un chapeau de paille sur ses cheveux et protégea ses yeux derrière des lunettes de soleil avant de faire marche arrière. Puis, au moment de sortir du parking et de s'engager dans l'avenue bordée de palmiers, elle se retourna pour faire un signe de la main à Roger.

Au plus fort de la canicule, la ville de Palm Springs était presque entièrement désertée par ses habitants qui allaient chercher très loin la fraîcheur ou bien ne sortaient qu'au crépuscule. Olivia n'avait qu'une hâte : s'éloigner de cette fournaise et sentir le vent balayer son visage.

Fuir... Tenter d'oublier ses souvenirs qui, inlassablement, la ramenaient à la journée de la veille, à cet instant miraculeux et douloureux où elle avait croisé le regard de Lincoln...

Instinctivement, elle se mit à rouler à vive allure, avec l'espoir fou et illusoire d'échapper ainsi à sa souffrance... Un vent chaud et humide soufflait, venu du golfe de Californie et, rencontrant les montagnes, se transformait en nuages chargés de pluie. Avant la fin du jour, un orage éclaterait dans les canyons désertiques et rafraîchirait pour quelques heures le paysage incandescent.

A cette idée, elle appuya sur l'accélérateur, désireuse d'atteindre au plus vite sa destination et heureuse de retrouver son plaisir de conduire en même temps que son aisance. Pourtant, à mesure qu'elle avançait à travers ce paysage familier, Olivia retrouvait ses souvenirs d'enfance plus vivants, plus précis que jamais... Bientôt, elle allait revoir cette propriété où s'était épanouie sa jeunesse — ce domaine de Hidden

Springs qu'elle avait refusé de vendre à la mort de ses parents et que Sandra avait proposé en gérance à Lincoln McKenzie... Olivia avait accepté ce compromis avec, au plus profond de son cœur, l'espoir d'y revenir un jour, de retrouver l'homme qu'elle aimait. Cruelle désillusion! Il ne l'avait pas attendue, ne l'avait même pas reconnue...

Lorsqu'elle atteignit la piste qui menait à la propriété, de gros nuages s'amoncelaient au-dessus des cimes violettes des montagnes avoisinantes, les San Jacinto Mountains. L'air était devenu oppressant et le vent qui balayait les champs de sauge chargeait l'atmosphère d'un parfum lourd et poivré.

Elle s'arrêta un instant pour ouvrir le portail, qu'elle referma soigneusement derrière elle avant de poursuivre sa route, remarquant combien le ciel s'était assombri. Elle franchit rapidement les dépressions de terrain avant que la pluie ne les transforme en torrents et poussa un soupir de soulagement lorsque la Jeep eut franchi le ravin de l'Antilope, le dernier qui la séparait de Hidden Springs. A présent, l'orage était imminent, mais Olivia s'était élevée au-dessus du désert et ne courait plus aucun danger, car elle se trouvait dans une zone boisée de résineux qui retiendrait le ruissellement.

Brusquement, le tonnerre résonna au loin et des éclairs zébrèrent l'horizon tandis que les pics de granite disparaissaient derrière les nuages. Le vent soufflait en bourrasques, soudain plus frais, et Olivia déchargea rapidement ses bagages à l'endroit qu'elle avait choisi pour camper, puis elle alla garer son véhicule à quelques mètres de là, pour le cas où la foudre tomberait.

Rapidement, elle entreprit de dresser sa tente et de creuser autour du campement des rigoles d'écoulement, puis elle leva les yeux vers le ciel au moment où le tonnerre grondait dans toute la vallée. Le soleil n'était plus qu'un disque pâle dissimulé par des nuages changeants. Plus tard, lorsqu'elle serait gelée, trempée, quand la pluie ruissellerait, elle se maudirait d'avoir souhaité que n'éclate l'orage mais, pour le moment, en harmonie avec la nature tout entière, elle attendait la pluie bienfaisante...

Très vite, le crépuscule assombrit le paysage et, seuls, les éclairs striaient les nuages d'un noir d'encre. Pourtant, l'averse tardait encore à venir et, de guerre lasse, Olivia alla s'allonger sous sa tente. Soudain, entre deux grondements de tonnerre, elle entendit un fracas étrange qu'elle reconnut au bout de quelques secondes. C'était celui d'un cheval lancé au grand galop. Sûrement terrifié par la tempête, l'animal poussait des hennissements au loin. Impulsivement, elle bondit et sortit de la tente...

La lueur aveuglante des éclairs lui permit de distinguer dans la pénombre un cavalier qui tentait de maîtriser sa monture emballée. A quel moment comprit-elle que ce cavalier n'était autre que Lincoln ? Elle n'aurait su le dire. Plus tard, elle se rappela seulement avoir crié son nom. Son appel s'était perdu dans la tourmente et le fracas de l'orage. En vain, elle l'avait conjuré de sauter à terre, mais Lincoln n'avait manifestement pas l'intention d'abandonner son cheval. Comment lui reprocher, d'ailleurs, de vouloir sauver ce superbe pur-sang ? Même dans cet accès de folie, l'alezan était merveilleux de grâce, de souplesse, d'élégance. Lincoln faisait corps avec lui, rivalisait de force et d'adresse si bien que, éperdue d'admiration, Olivia en oublia son inquiétude. La proximité du ravin que longeait la monture affolée lui arracha pourtant un cri d'angoisse. Soudain, l'animal trébucha, s'affaissa... En cavalier chevronné, Lincoln se laissa tomber au dernier moment mais ne put éviter la chute sur des rochers. Au même instant, des trombes d'eau s'abattirent sur les environs et Olivia, folle d'angoisse, se mit à courir, insensible à la pluie et à l'orage...

D'abord, elle trouva le cheval qui se releva tout de suite, puis elle aperçut Lincoln étendu, immobile. Tremblante, elle s'agenouilla à côté de lui.

— Lincoln !

Il était touché à la tête et, à la lumière intermittente des éclairs, elle vit du sang sur son front. Sa chemise était déchirée, mais il respirait régulièrement. Bouleversée, elle posa une main sur sa poitrine pour sentir les battements de son cœur. Puis, très doucement, elle palpa ses bras et ses jambes pour s'assurer qu'il n'avait pas d'autre blessure.

Le gémissement qu'il poussa la fit tressaillir. Il recouvrait peu à peu ses esprits, sa tête remuait lentement. Le mouvement qu'il esquissa pour se redresser lui fit pousser un cri de douleur.

— Lincoln ! l'appela-t-elle, inquiète.

— Que... ?

Son regard restait vague.

— Votre cheval a fait une chute, dit-elle d'une voix forte pour se faire entendre.

Il ébaucha un geste de remerciement et ne put réprimer une grimace de douleur.

— Avez-vous mal autre part ?

Lincoln secoua lentement la tête.

— Levez-vous, le supplia-t-elle. Je ne peux pas vous porter, mais je vais vous aider à marcher. Il faut absolument vous mettre à l'abri !

Il y parvint en prenant appui d'une main sur l'épaule d'Olivia et, de l'autre, sur un rocher. Puis ils se dirigèrent lentement vers le campement en trébuchant, descendant avec précaution le terrain en pente douce.

Une petite lampe à piles répandait une lumière

douce dans la tente. A l'intérieur, tout était sec, pour l'instant du moins. Lorsqu'elle installa Lincoln sur le sol, elle s'aperçut qu'il tremblait de froid. Il fallait le réchauffer au plus vite et lui ôter ses vêtements trempés. Elle le déshabilla complètement et ne put s'empêcher d'admirer la beauté de ce corps viril et puissant... Luttant contre son trouble, elle ouvrit la fermeture Eclair de son sac de couchage et fit glisser Lincoln à l'intérieur du duvet. Emergeant de sa demi-inconscience, il ouvrit les yeux et esquissa le geste de se redresser.

— Ne bougez pas, lui ordonna Olivia. Vous devez rester au chaud.

— Mon cheval, dit-il dans un souffle.

— Il s'est relevé aussitôt. Ne vous inquiétez pas pour lui.

Dehors, l'orage redoublait à présent de violence et d'intensité. Olivia avait posé ses mains sur les épaules de Lincoln pour l'empêcher de se lever, mais il les écarta avec impatience, mû par une volonté plus forte encore que sa souffrance.

— Je vais m'occuper de votre cheval, dit-elle précipitamment, consciente que Lincoln n'était pas en état de raisonner logiquement.

Elle l'aida à se recoucher, saisit une torche électrique et sortit de la tente. Pour la première fois alors, elle sentit vraiment la pluie, glaciale et cinglante, qui la fit frissonner tandis que, bravement, elle luttait contre le vent en se dirigeant vers l'animal qui se cabrait et piaffait, affolé par les éclairs. Sans hésiter, elle déchira son chemisier. Avec un morceau du tissu, elle banda les yeux de l'animal et, avec l'autre, fabriqua une sorte d'entrave qu'elle lia autour de ses jambes de devant. Rassuré, le pur-sang renifla son parfum et la laissa faire.

Une fois de retour à la tente, elle trouva Lincoln à moitié endormi. Que faire? Même s'il était possible de l'emmener jusqu'à la Jeep, le ravin de l'Antilope n'était pas franchissable pour le moment et rendrait donc ses efforts inutiles.

Olivia contempla longuement le visage énergique de Lincoln qui avait hanté ses rêves. A cause du froid et de la douleur, ses traits étaient crispés, ses lèvres pincées. Mais il n'avait rien perdu de sa séduction. Combien de fois avait-elle espéré le revoir, entendre son rire, sentir le goût de sa bouche sur la sienne ? Qu'est-ce qui avait pu changer l'homme doux et passionné qu'elle avait connu autrefois en cet être cruel et sarcastique au regard sauvage, aux paroles volontairement humiliantes ?

A cette pensée, les larmes lui vinrent aux yeux. Quelques instants encore, elle observa Lincoln ; son souffle était régulier, son cœur redevenu paisible. Pourtant, Olivia ne s'endormirait pas tranquille... car la perspective du réveil, du moment où Lincoln découvrirait qu'elle était bel et bien Diana, la terrifiait.

Elle se glissa doucement dans le sac de couchage et s'y blottit, puis éteignit la lampe. Le froid l'empêcha d'abord de trouver le sommeil mais, peu à peu, le contact de Lincoln la réchauffa et l'épuisement eut raison d'elle.

Sombrant dans une paisible somnolence, elle rêva qu'elle se réveillait dans les bras de Lincoln. Il promenait ses lèvres sur sa poitrine, pressait son corps contre le sien, effleurait sa bouche... Elle souriait, soupirait, lui rendait ses baisers avec une sensualité et un tendre abandon que lui seul pouvait susciter en elle. Jamais elle n'avait éprouvé en songe des sensations aussi vibrantes, intenses, merveilleuses...

Elle ouvrit les yeux. La lumière du jour entrait à flots dans la tente, moins chaude, moins lumineuse pourtant que le regard de Lincoln.

— Olivia, murmura-t-il.

Il posa sur ses lèvres un baiser léger.

— Ma douce Olivia... Ainsi, vous êtes là. Ce n'était pas un rêve.

3

— Vous me reconnaissez ? demanda-t-elle anxieusement.

Il sourit en la regardant avec tendresse.

— Il me faudrait plus qu'une blessure à la tête pour me faire oublier ma petite Olivia !

— Mais hier, pourtant...

— Cette nuit ? Tout ce que je me rappelle, c'est qu'il faisait très sombre et que j'ai brusquement reçu un choc, comme si la montagne tombait sur moi !

Très doucement, du bout de la langue, il dessina les lèvres d'Olivia.

— Si vous m'aviez embrassé avant de me mettre au lit, je vous aurais reconnue tout de suite, même dans l'obscurité !

Sa voix devint rauque, plus chaude, plus vibrante.

— Vos lèvres ont le même goût qu'il y a six ans, brûlantes comme le désert, délicieuses comme l'oasis longtemps attendue...

— Les vôtres aussi, Lincoln...

Elle respira profondément pour calmer son cœur qui battait la chamade au souvenir du baiser volé à Lincoln dans son sommeil. Et elle se revoyait dans ses bras, six ans auparavant...

— Dans mes rêves, vous m'avez souvent embrassée, murmura-t-elle.

Quand les lèvres de Lincoln se posèrent au creux de son épaule, elle retint son souffle, ferma les yeux... Ainsi le rêve devenait réalité. La force de l'acier et la douceur de la soie, c'était bien lui, Lincoln...

— Que préférez-vous, Olivia ? Le baiser que je vous donnais dans vos rêves ou celui que je vous donne maintenant, le vrai ?

— Le vrai...

Confiante et moins timide, elle caressa du bout des doigts la peau de Lincoln et en savoura la douceur.

— C'est bien plus agréable que dans un rêve, murmura-t-elle.

Il ne put réprimer un frisson. Mon Dieu ! Dire que quelques heures plus tôt il était trempé et gelé !

— Vous avez froid ?

— Un peu. Ce n'est rien.

Elle se rappela brusquement qu'il était nu à l'intérieur du sac de couchage.

— J'ai été obligée de vous déshabiller hier soir... vos vêtements étaient mouillés et vous auriez pu attraper une bronchite. Excusez-moi, je suis navrée...

— Navrée ? Moi, pas du tout ! Et pour vous remercier, je vais vous rendre la pareille.

Elle n'eut pas le temps de protester lorsque, d'un geste sec, il fit glisser la fermeture Eclair de sa veste, dénudant ses seins frémissants, innocemment triomphants dont il épousa, de ses deux mains, la rondeur satinée. Olivia était emportée par une vague de sensations qu'elle n'avait jamais éprouvées. Des ondes de plaisir la parcouraient et elle se mit à gémir faiblement.

— Je veux vous regarder, murmura-t-il.

Sa voix s'était faite caresse, persuasive, irrésistible. Avec violence, il ouvrit la fermeture du sac de couchage. Presque nue entre les bras de Lincoln, elle voyait briller de désir les yeux de l'homme qu'elle aimait depuis tant d'années. Olivia se sentit rougir, envahie par un sentiment délicieux où se mêlaient la pudeur et le plaisir. Elle tenta pourtant de se dérober... sans succès. Avec une poigne de fer, Lincoln emprisonna ses mains.

— Si je vous avais dévêtue ainsi il y a six ans, vous ne seriez jamais partie avec Sandra à New York, murmura-t-il.

Elle frissonna et se serra contre lui. Ne plus jamais le quitter, rester tout près de lui dans la chaleur de ses bras puissants! Mais soudain, quand elle caressa sa tête, il ne put réprimer un geste de souffrance. Etait-elle assez sotte pour avoir oublié que Lincoln s'était blessé dans sa chute ?

— Pardonnez-moi, dit-elle dans un souffle. Vous avez encore mal ?

— Seulement quand vous cessez de me caresser...

Elle examina sa plaie. Apparemment, l'entaille était superficielle et ne serait pas longue à cicatriser.

— Vous devez avoir très mal à la tête.

Il sourit malicieusement.

— A vous de me soigner !

— J'ai de l'aspirine dans ma trousse à pharmacie.

— Il existe aussi d'autres maux auxquels vous pouvez remédier. Vous en avez les moyens...

Il tenta de la retenir mais elle parvint à se glisser hors du sac de couchage. Elle avait réussi à échapper à son emprise... pas à son regard, pourtant! Maladroitement, elle essaya de refermer sa veste, sans succès; la fermeture s'était coincée! A sa grande confusion, chaque geste qu'elle faisait dévoilait un peu plus ses seins. Lincoln l'observait, les yeux à demi fermés. Jamais, dans aucun de ses rêves, elle n'avait lu sur son visage un désir d'une telle intensité. Ce regard fixé sur elle la bouleversa. D'une main tremblante, elle sortit une trousse de son sac de voyage et, maladresse ou énervement, en répandit le contenu sur le sol avant de trouver le tube d'aspirine.

Elle lui tendit des cachets et un verre d'eau.

— Quatre à la fois? demanda-t-il d'un air étonné.

— Oui. D'habitude, j'en prends toujours deux; pour vous, le double me paraît convenable.

Il la regarda avec passion avant de l'attirer à lui en posant ses mains sur ses hanches.

— Je ne suis pas certain que ce traitement-là me convienne. Par contre, deux fois plus de caresses et de baisers me guériraient plus sûrement que n'importe quel médicament...

A ces mots, un frémissement de désir la parcourut. Fermement, il la saisit par les épaules et fit glisser sa veste avant de la faire basculer lentement sous lui. Puis elle le vit, comme dans un rêve, pencher sa tête brune sur ses seins palpitants... Jamais, malgré les compliments qu'on lui avait adressés sur sa beauté, elle ne s'était sentie à ce point femme — femme rayonnante et adorée, vénérée telle une déesse, désirée avec passion. C'était merveilleux, inoubliable...

Puis, lorsque la pression de ce corps viril contre le sien se fit plus insistante, elle tressaillit. Souhaitait-il en venir à d'autres caresses, plus intimes? Olivia tenta de deviner ses souhaits et se sentit envahie par une étrange et voluptueuse faiblesse.

C'est alors que, perdus tous deux dans un flot de sensations qui les submergeait, ils entendirent, au loin, un hennissement. A contrecœur, Olivia se redressa.

— Ne bougez pas, ordonna-t-il.

Il reprit possession de ses lèvres avec avidité, puis s'écarta d'elle pour prendre son visage entre ses mains en coupe.

— Vous êtes le seul être au monde qui pourrait me faire oublier de soigner mon cheval ! Olivia North, ajouta-t-il d'un ton solennel, vous êtes une personne fascinante et dangereuse !

— Moi, dangereuse ? Vous l'êtes plus encore, Lincoln...

Il posa sur elle un regard admiratif et elle sentit ses joues devenir roses de plaisir. Etrange plaisir qui irradiait en elle, la faisait vibrer tout entière, s'abandonner un peu plus... Mais lorsqu'un autre hennissement se fit entendre, plus fort, plus plaintif, Lincoln se souleva en maugréant.

— Non ! protesta-t-elle. Je vais m'occuper de lui. Pendant ce temps, vous prendrez sagement votre aspirine.

— Quelle aspirine ? demanda-t-il d'un air innocent.

Elle regarda autour de lui. Les cachets avaient disparu.

— Où est-elle ?

— Je n'en ai aucune idée, répondit-il sur un ton détaché.

Mais elle ne tarda pas à découvrir les comprimés à moitié écrasés, qu'elle lui tendit une nouvelle fois. Sans la quitter des yeux, il les avala docilement.

— Brisés comme mon pauvre cœur, déclarat-il, moqueur.

— Si vous les voulez entiers, j'en ai d'autres en réserve ! répondit-elle sur le même ton, heureuse de cette diversion.

— Non, c'est vous que je veux à présent, murmura-t-il d'une voix rauque.

A ces mots, Olivia frissonna. Il l'attira contre lui, la renversa, écrasa sa bouche. Des ondes de plaisir déferlèrent sur sa peau tandis que, sauvageonne, elle griffait les bras de Lincoln. Jamais elle n'aurait pu imaginer la violence du feu qui courait en elle, se propageait comme la foudre, l'embrasait tout entière. Ce tourbillon vertigineux qui l'emportait l'effrayait et la comblait tout à la fois. Puis vint le moment — inéluctable et terrifiant — où les caresses de Lincoln se firent plus audacieuses...

— Que faites-vous ? murmura-t-elle timidement.

— Je vous l'ai dit, je veux guérir ; vos caresses seules ont ce pouvoir merveilleux.

Impatiente et anxieuse, elle retint son souffle puis se mit à gémir doucement en sentant les lèvres de Lincoln explorer amoureusement son corps...

Un hennissement plaintif les arracha brutalement à leur langoureux prélude, brisant le sortilège qui les retenait captifs...

— Mais pourquoi diable n'ai-je pas choisi un métier plus tranquille ? grommela Lincoln, exaspéré.

— Je dois aller voir ce qui se passe, déclara Olivia en se levant.

— Vous avez raison, acquiesça-t-il. Quand Roi des sables se manifeste, c'est qu'il a peur ou qu'il souffre.

Olivia dut s'arracher à ce corps auquel elle voulait se fondre, à la magie de ces caresses qui la bouleversaient, pour s'habiller à la hâte. Plus tard, ils apaiseraient le feu qui les dévorait et cet instant, elle l'attendait avec une fièvre impatiente, indomptable...

Lorsqu'elle ouvrit la tente, elle fut éblouie par la lumière et, instinctivement, elle se retourna pour jeter un coup d'œil en direction de Lincoln. Un instant pétrifiée, elle but avec délices la vision de son corps bronzé et athlétique, puissant et fier comme une statue grecque. Chacun des gestes qu'il faisait pour rassembler ses vêtements soulignait le jeu précis et souple de ses muscles. Oui, cet homme d'une incroyable beauté, d'une merveilleuse sensualité, serait son premier et unique amour. A cette pensée, une exultation bouleversante l'envahit tout entière et, forte de cette certitude, elle trouva le courage de s'éloigner du campement.

Dehors, le soleil brillait, presque accablant après la fraîcheur qui régnait dans la tente. Il lui était difficile de se frayer un chemin à travers les buissons dont les branches se brisaient sur son passage et l'éclaboussaient de gouttelettes. Elle arriva néanmoins en vue de l'alezan qui piaffa en dressant les oreilles. Pendant la nuit, il avait réussi à se débarrasser de son bandeau et de ses attaches.

— Calme, calme, Roi des sables, dit-elle d'une voix douce. C'est ton maître que tu attends, n'est-ce pas ?

Les naseaux du pur-sang frémirent, il respira son parfum et s'apaisa peu à peu tandis qu'elle continuait à le flatter :

— Gentil, Roi des sables...

— Comme son maître ! répliqua Lincoln.

Elle tressaillit et se retourna. Elle ne l'avait pas entendu arriver. Torse nu, les jambes moulées dans son jean encore humide soulignant sa démarche féline, il était éblouissant.

— Roi des sables va très bien. Et vous ?

demanda-t-elle sans pouvoir réprimer le tremblement de sa voix.

Il la regarda d'un air ironique qui était à lui seul une réponse.

— Je vous en prie, Lincoln, cessez de me traiter comme lorsque j'avais neuf ans. Je ne suis plus une enfant !

— J'avais cru le remarquer, en effet, répondit-il avec un regard éloquent. En ce qui me concerne, et puisque vous vous en préoccupez, sachez que j'ai une terrible migraine, que mon épaule est encore engourdie et que j'ai mal aux genoux... Mais soyez sans inquiétude, je serai vite rétabli.

— De toute façon, je ne peux vous imaginer malade. Savez-vous, Lincoln McKenzie, que ce sont votre aisance, votre démarche et votre art de dresser les chevaux qui m'ont rendue amoureuse de vous alors que j'avais neuf ans ? Et à cette petite fille que j'étais, vous n'avez pas accordé un seul regard ! Pendant sept longues années, j'ai attendu que vous vous intéressiez à moi.

— Croyez-vous sérieusement qu'un homme digne de ce nom se serait laissé aller à des aveux devant une adolescente ? objecta-t-il. Pourtant, ce n'était pas l'envie qui me manquait...

Elle le regarda longuement. Assurément, il ne plaisantait pas.

— N'avez-vous jamais imaginé que je n'en aurais pas été choquée ?

— Je n'en avais pas le droit, déclara Lincoln d'un ton sans réplique.

Au même instant, Roi des sables posa sa tête sur l'épaule d'Olivia, comme pour lui demander une caresse qu'elle lui prodigua en souriant. La robe brune de l'alezan était douce au toucher et elle glissa ses doigts dans sa crinière brillante.

34

Au même instant, elle sentit les mains de Lincoln se poser sur sa taille tandis qu'il se plaquait contre elle comme pour se réchauffer.

— Lincoln... protesta-t-elle faiblement. Je vous en prie...

— M'en voulez-vous à ce point de vous témoigner librement le désir que vous m'inspirez, Olivia ?...

— Non, mais...

Il ne la laissa pas achever sa phrase.

— Je vous propose un marché. Tant que nous ne nous serons pas occupés de Roi des sables, je ne tenterai rien qui puisse vous troubler. Qu'en dites-vous ?

— Marché conclu, Lincoln !

Forts de cette décision, ils entreprirent d'ôter au pur-sang la couverture qui l'avait protégé du froid durant la nuit et qu'Olivia avait attachée sur ses flancs par de fines cordes. Machinalement, elle chercha dans sa poche un canif pour trancher les liens que la pluie avait durcis, mais une main ferme se posa sur son bras comme une serre d'acier. Lincoln lui sourit et coupa lui-même la corde avant de regarder Olivia d'un air étonné.

— C'est drôle, je ne me rappelle pas du tout avoir placé cette couverture sur Roi des sables, lui fit-il remarquer.

— Pas étonnant ! s'exclama-t-elle en riant, puisque l'initiative vient de moi !

— Et elle est excellente !

Il libéra ensuite l'animal de l'entrave qu'Olivia avait fabriquée à la hâte.

— Il va bien, n'est-ce pas ? demanda-t-elle.

— Même très bien pour quelqu'un qui s'est si mal conduit avec moi hier. Il s'est mis à hennir parce qu'il était seul, tout simplement ! Mais dites-moi, Olivia, que s'est-il passé exactement ? Je ne me souviens plus de rien. Racontez-moi...

— Je vous ai aperçu au loin. Roi des sables galopait, fou de terreur. Vous en aviez perdu le contrôle et je vous ai crié de sauter. J'ai hurlé, mais vous ne pouviez pas m'entendre et j'ai compris qu'il ne servait à rien de m'époumoner. Ensuite il a trébuché, vous êtes tombé, vous avez roulé sur vous-même et un rocher a arrêté net votre chute...

Timidement, elle caressa le visage de Lincoln comme pour s'assurer qu'il était là, bien vivant, tandis qu'elle revivait son cauchemar.

— Quand je suis arrivée près de vous, je vous ai trouvé inanimé, trempé jusqu'aux os. Un instant, j'ai craint le pire, mais vous étiez simplement évanoui. Quand vous avez repris conscience, je vous ai forcé à vous lever et nous sommes retournés à la tente très lentement.

Elle s'interrompit pour lui sourire.

— J'imagine le spectacle que nous formions tous deux, ruisselants, luttant contre les bourrasques, perdus dans un paysage de fin du monde. Cela aurait pu être un fantastique épisode d'un film d'aventure !

— Encore une chance que nous n'ayons pas été foudroyés ! Que s'est-il passé ensuite ? demanda-t-il avec curiosité.

— Je vous ai débarrassé de vos vêtements mouillés et je vous ai glissé dans le sac de couchage. Mais vous n'aviez qu'une idée en tête : prendre soin de Roi des sables. Dans votre état, c'était impossible. Aussi me suis-je dévouée...

— Vous auriez pu attendre la fin de l'orage, sortir pouvait être dangereux !

— Peut-être. J'ai choisi de vous délivrer d'un souci, répondit-elle sèchement. Vous ne vouliez pas attendre.

— Vous voulez dire que je vous ai moi-même envoyé dans la tempête ?

— C'était vous ou moi. Je n'étais pas blessée, vous si.

— Mais vous en couriez le risque! protesta-t-il. D'autant que Roi des sables était pris de folie chaque fois qu'il apercevait un éclair!

— Je lui avais mis un bandeau sur les yeux.

A ces mots, Lincoln prit avec douceur le visage délicat d'Olivia entre ses mains et plongea son regard dans le sien.

— Vous êtes une femme merveilleuse. Fine, intelligente, sauvageonne indomptable aux yeux d'or...

Elle perçut les efforts qu'il faisait pour ne pas l'embrasser, par respect pour le pacte qu'ils avaient conclu. Soudain, il saisit l'entrave qu'elle avait confectionnée.

— Où avez-vous trouvé ce morceau de tissu? Je suis sûr qu'il n'est pas à moi.

— J'ai déchiré mon chemisier. Voilà pourquoi je n'avais rien sous ma veste quand vous...

Gênée et troublée, elle s'interrompit.

— Ce n'est pas pour me déplaire, vous savez, murmura-t-il en posant sur elle un regard aussi ardent qu'une caresse.

Puis il détacha la bride du pur-sang, qui s'éloigna tranquillement, au petit trot, en direction d'une mare toute proche où il se désaltéra.

Rassuré sur l'état de son cheval préféré, Lincoln prit la main d'Olivia et la porta à ses lèvres.

— On se croirait revenu des années en arrière, dit-il, songeur. En des temps très anciens où l'on n'entendait que le bruit des sources jaillissant de la montagne, du trot d'un cheval en liberté, où l'on ne respirait que le parfum de la sauge mouillée d'orage et de rosée; et où brillaient, comme de l'or liquide, les yeux d'une enfant devenue femme à présent...

Mais soudain, comme si une pensée inquiétante lui avait traversé l'esprit, Lincoln la dévisagea d'un air soupçonneux.

— Pourquoi êtes-vous ici, Olivia ? Et pourquoi ne pas m'avoir prévenu que vous étiez de retour en Californie ?

4

Un bref instant, Olivia se sentit glacée de terreur. Sans le savoir, Lincoln venait de lui rappeler qu'elle n'était plus la petite fille innocente dont ils se souvenaient l'un et l'autre, mais une cover-girl incarnant « Magie de femme », symbole de luxe et de sophistication... Non ! Elle ne pouvait se résoudre à lui avouer qu'elle était Diana. Pourtant, elle ne voulait pas non plus lui mentir...

— Je ne vous ai pas prévenu tout simplement parce que je ne savais pas si vous seriez heureux de me revoir. Vous n'avez jamais répondu à mes lettres, pas même à Noël !

— Je vous ai écrit trois fois ! Après mon troisième envoi, j'ai reçu un petit mot de Sandra qui me demandait de cesser cette correspondance sous prétexte qu'elle vous bouleversait. Aussi ai-je renoncé à avoir de vos nouvelles, persuadé que Sandra vous encourageait à me détester...

— Vous détester, moi ? Mais pourquoi ?

Il resta quelques instants silencieux avant de répondre :

— Mon père conduisait la voiture qui a tué vos parents.

Il était immobile, tendu, comme s'il redoutait la réaction d'Olivia. Pour toute réponse, elle se contenta de caresser doucement ses cheveux.

— Vous le saviez, Olivia ?

— Oui.

— Et vous ne me détestez pas ?

— Bien sûr que non ! C'était un accident et vous n'y êtes pour rien. Une route de montagne très dangereuse, une voiture qui dérape dans un tournant... ce sont des catastrophes qui arrivent hélas ! très souvent. Pourquoi vous en voudrais-je à vous qui n'êtes pas responsable ?

Il prit la main d'Olivia et la porta à ses lèvres.

— Beaucoup ne m'auraient pas pardonné, je vous assure. Sandra, elle, me déteste.

Il sonda longuement son regard avant de demander :

— M'avez-vous écrit, Olivia ?

— Oui, murmura-t-elle d'une voix brisée. J'avais tellement besoin de vous, de votre présence, de votre réconfort ! Et j'étais si seule...

A ces mots, il l'enlaça et la tint étroitement serrée contre lui comme si, par ce geste, il voulait effacer toutes ces années solitaires...

— Je n'aurais jamais dû vous laisser partir. J'aurais tant voulu vous garder auprès de moi !

— Pourquoi ne l'avez-vous pas fait ? demanda-t-elle dans un souffle.

— A cause de Sandra. Elle n'a pas voulu admettre que j'éprouvais pour vous autre chose que du désir...

— C'est ce qu'elle pensait de tous les hommes et elle se trompait rarement. A une exception : vous, justement.

Il sourit et posa sur son front un baiser d'une infinie tendresse.

— Nier le désir que j'avais de vous serait un mensonge mais il n'était pas tout. Je vous voulais pour la vie entière, pas seulement pour quelques instants de plaisir... Je vous ai vue grandir... Je souhaitais vous offrir l'amour que vos parents avaient l'un pour l'autre...

Sa voix se brisa et il ne put ajouter un mot de plus. Sans doute songeait-il à sa propre enfance. Son père n'avait été heureux en ménage ni avec sa première épouse, ni avec la seconde, et s'était peu à peu enfoncé dans la boisson.

— Sandra a donc intercepté nos lettres, déclara Olivia, brisant le silence. Elle me doit des explications...

— Ne soyez pas trop sévère à son égard. Souvenez-vous que, lorsqu'elle vous a vue pour la première fois, vous aviez pleuré toute la nuit. Vous dormiez dans mes bras comme une enfant et on ne vous aurait pas donné plus de dix ans. Imaginez son affolement quand je lui ai déclaré que je voulais m'occuper de vous et vous épouser ! Elle était épouvantée et, à sa place, j'aurais réagi comme elle. Pourquoi aurait-elle confiance en cet inconnu que j'étais à ses yeux ?

— Vous avez peut-être raison. Mais cela n'excuse pas le fait qu'elle ait intercepté notre courrier.

Le visage de Lincoln se durcit brusquement.

— En effet. Pourtant, cela ne m'étonne pas d'elle.

— Pourquoi ?

— Parmi tout ce que m'a appris mon père, il est une vérité que je n'ai pas oubliée : on ne doit jamais faire confiance à une jolie femme. Sandra est une drôle de chipie et il faut reconnaître qu'elle est jolie, très jolie même...

Bouleversée, Olivia lut à nouveau sur son

visage l'expression cruelle avec laquelle, la veille, il avait dévisagé Diana.

— La beauté n'a rien à voir avec la franchise, dit-elle, le cœur battant. Je connais des femmes sincères et très belles, d'autres laides et malhonnêtes.

— La belle Sandra s'était juré de ne pas laisser sa nièce épouser le fils d'un couple à la dérive ! rétorqua-t-il d'une voix vibrante de colère et d'indignation.

— C'est du passé, Lincoln. Désormais, Sandra ne peut plus rien contre nous.

— Elle ferait bien de ne même pas essayer... A propos est-elle ici, avec vous ?

— Non, elle est restée à New York. L'été, il y a un travail fou. C'est le moment où l'on tourne les films publicitaires pour les collections de mode du printemps suivant.

D'abord, il la regarda d'un air étonné, puis une lueur mauvaise dansa dans son regard.

— Ah oui ! Je me souviens, maintenant. Elle fait fortune en vendant des photographies de corps très dénudés à des magazines sur papier glacé !

— Lincoln ! s'écria impulsivement Olivia.

Epouvantée, elle blêmit.

— Excusez mon emportement, mais je déteste ce monde factice et artificiel. Ma mère et ma belle-mère étaient mannequins. Ou, du moins, prétendaient l'être. Et j'en ai suffisamment souffert pour donner à ce métier des noms beaucoup moins flatteurs, conclut-il avec dureté.

A ces mots, Olivia ferma les yeux. Un désespoir profond l'envahit à l'idée qu'elle allait devoir renoncer à son rêve. Pourtant, elle ne pouvait pas lui mentir. Elle lui devait la vérité.

— Je suis mannequin, Lincoln...

— Comment ?... demanda-t-il, totalement incrédule.

Ebahie, elle rouvrit les paupières. N'avait-il donc pas compris ?

— Vous avez bien entendu. Je suis une cover-girl, répéta-t-elle d'une voix sans timbre.

Contre toute attente, il eut un rire doux, presque tendre. D'un air amusé, il contempla sa tenue sale et chiffonnée, ses grosses chaussures.

— Quels produits présentez-vous ? Des bottes de jardinage ? Des ensembles de sport ?

Ainsi, elle ne rêvait pas ! Il n'avait toujours pas reconnu en elle la rayonnante Diana !

— Suis-je donc si peu attirante ? demanda-t-elle avec froideur.

Le sourire de Lincoln disparut.

— Si vous étiez plus belle encore, j'hésiterais à vous accorder ma confiance.

Sa réponse lui fit l'effet d'une gifle.

— Pourquoi vous obstinez-vous à associer beauté et perfidie, Lincoln ? La séduction est affaire de maquillage et d'éclairage, c'est tout. Sous prétexte que je suis jolie, je n'aurais donc pas le droit d'être aimée ?

— Ce n'est pas de vous que je parlais, Olivia !

— Moi si ! Je...

D'un baiser, il coupa court à ses protestations, rétablissant entre le passé et le présent un pont magique qui effaçait tout...

— A mes yeux, vous êtes plus que belle, murmura-t-il tandis que, haletante, elle s'enivrait de ce plaisir retrouvé.

— Laissons là cette discussion, Olivia. Ne gâchons pas nos retrouvailles. Promis ?

— Mais...

— Il n'y a pas de mais qui tienne ! Avant de nous disputer, il faut prendre le temps de refaire connaissance, de nous redécouvrir. Je ne vous demande que quelques jours. Oh ! Je sais que vous êtes têtue et que vous ne renoncez pas facilement, mais que diriez-vous d'une trêve de deux jours ? D'ici là, je préparerai en paix la réception que j'offre pour la vente de mes pur-sang. Vous êtes d'accord ?

Tentée, elle hésita, puis elle secoua la tête.

— Vous serez furieux quand vous découvrirez que...

— Découvrir ?...

Il la saisit par le bras si brusquement qu'elle ne put retenir une grimace de douleur.

— Que voulez-vous dire ? Que vous êtes mariée ?

Dans sa bouche, le mot résonna comme la pire offense qu'elle eût pu lui faire.

— Lincoln ! protesta-t-elle, indignée. Croyez-vous que j'aurais accepté vos baisers si c'était le cas ?

— Vous n'auriez pas été la première, rétorqua-t-il avec cynisme.

— Je vous interdis ! Evidemment, vous allez sans doute me demander si j'ai un fiancé ou un amoureux ! lança-t-elle, cinglante.

— Je vous le demande, en effet, répondit-il calmement.

Son visage était redevenu un masque indéchiffrable.

— Eh bien non, Lincoln, répondit-elle, soudain lasse. Et même, je...

Embarrassée, elle s'interrompit.

— Vous ?...

— J'ai peu d'expérience, mais cela ne devrait pas vous étonner. Comme vous me l'avez fait remarquer, je suis tellement laide ! répliqua-t-elle en relevant le visage d'un air de défi.

Sans attendre sa réponse, elle se dirigea d'un pas décidé vers la tente.

— Je vous ai proposé une trêve de deux jours, lui rappela-t-il en lui emboîtant le pas. Cela vous paraît-il à ce point insupportable ? Nous aurons

tout le temps de discuter ensuite. Est-ce si difficile à comprendre ?

— Lincoln, je ne voudrais pas que vous me
détestiez quand...

— Pourquoi vous détesterais-je ?

— Vous ne me connaissez pas ! s'exclama-
t-elle, à court d'arguments.

— Je vous ai attendue trop longtemps, Olivia ;
je n'ai pas envie de vous perdre à nouveau... Les
discussions seront pour plus tard.

Brusquement, il la souleva dans ses bras.

— Lincoln ! Que faites-vous ?

— J'ai le projet d'ôter mes vêtements pour les
faire sécher, tout bêtement !

Il se mit à avancer à grandes enjambées et
s'arrêta soudain, comme si une idée incroyable
venait de lui traverser l'esprit.

— Vous m'avez dit manquer d'expérience, Olivia... Cela signifie-t-il que vous n'avez pas eu...
d'aventures ?

— Qu'importe, après tout ! Est-ce tellement
important ?

— Oui. Parce qu'on ne le dirait pas...

— Je suis désolée de vous décevoir, dit-elle
d'un ton faussement détaché. C'est pourtant la
vérité.

Il contempla son visage avec une stupéfaction
parfaitement sincère.

— Comment est-ce possible ? Il n'y a donc pas
d'hommes à New York ?

— Si, des milliers !

— Et alors ?

— C'était vous que je voulais, Lincoln.

Elle le sentit tressaillir et trembler légèrement
comme sous le coup d'une trop forte émotion.
Puis, avec une bouleversante délicatesse, il
effleura ses lèvres, ses joues, ses paupières...

— Je ne vous mérite pas, dit-il d'une voix
rauque.

Il la laissa glisser à terre.

— Je vais m'occuper de Roi des sables.

— Mais... je croyais que nous allions dans la tente pour faire sécher nos vêtements et...

— Je viens de prendre de bonnes résolutions, il faut m'aider à les tenir. Si nous nous retrouvons seuls, dans l'intimité, je crains fort de ne pas résister longtemps.

— Pourquoi, soudain, ces nouvelles résolutions ? A cause de mon manque d'expérience ?

— Oui.

— N'y a-t-il pas moyen d'y remédier ?

— Nous avons conclu un pacte, je vous le rappelle. Pas de discussion pendant deux jours.

— Comme vous voudrez, Lincoln.

Avec un sourire insolent, elle entra dans la tente.

A l'intérieur, la chaleur était presque étouffante. En se déshabillant pour se changer, elle ne put s'empêcher de songer à Lincoln, au goût de ses baisers, à la caresse soyeuse de ses mains sur sa peau nue... Un frémissement la parcourut tout entière lorsqu'elle imagina le moment où Lincoln ferait de son amie d'enfance une femme comblée, épanouie... Avec lui, elle découvrirait librement les rivages merveilleux et inconnus de la volupté...

Impatiemment, elle choisit un blue-jean sec et un corsage de coton bleu qu'elle boutonna sagement jusqu'au col, puis elle brossa ses cheveux indociles et fit un peu de rangement dans la tente. A présent, il lui fallait penser à préparer le petit déjeuner.

Dehors, le soleil brillait, radieux. Lincoln était invisible. Sans doute était-il en train de s'occuper de la toilette quotidienne de Roi des sables...

— Lincoln ! cria-t-elle. Venez ! Le café est presque prêt.

Quelques instants plus tard, elle le vit surgir du

bosquet touffu qui entourait le campement, portant la selle du pur-sang sur ses épaules. Elle le contempla longuement, admirant la grâce, l'élégance, la souplesse féline de chacun de ses pas, de chacun de ses gestes. Il se débarrassa de son fardeau et respira l'appétissante odeur de bacon et de café chaud.

— Je crois que c'est cuit, dit-il avec un sourire gourmand.

— Non, ce n'est pas assez croustillant. Faites-moi confiance. J'ai l'habitude.

— Curieux... J'aurais pourtant juré que quelque chose était en train de brûler, dit-il à voix basse... Ou bien est-ce moi que le feu dévore ? Et vous, Olivia, connaissez-vous la flamme du désir ?

Le ton de sa voix, plus encore que l'ardeur de son regard, la déconcerta. Son cœur se mit à battre la chamade et elle répondit dans un souffle :

— Oui, Lincoln...

— Alors vous savez, sans doute, comme moi, attendre...

Sur ces mystérieuses paroles, il entra dans la tente, laissant Olivia préparer les tartines et disposer le petit déjeuner sur un plateau. Puis, au moment où elle se retournait pour l'appeler, elle tressaillit. Il était là, debout, et la contemplait en silence. Lorsqu'elle lui tendit une tasse de café, il s'assit à côté d'elle, saisit sa main et l'embrassa.

— Vous êtes une femme étonnante, Olivia.

— Pourquoi ? demanda-t-elle, troublée par l'attitude imprévisible de Lincoln.

Très à l'aise, il but calmement une gorgée de café brûlant et parfumé avant de lui répondre en souriant :

— Etonnante, et infiniment candide, ma chère Olivia. Car, évidemment, vous considérez comme parfaitement naturel le fait de m'avoir transporté sous votre tente, de me soigner et de veiller sur moi. Naturel, aussi, de risquer votre vie pour vous occuper de Roi des sables en pleine nuit, malgré la foudre et le tonnerre. Eh bien moi, je m'émerveille de m'être réveillé ce matin près de vous, d'avoir goûté à vos lèvres...

Il s'interrompit et la regarda pensivement avant de reprendre :

— Et ce n'est pas tout. Non contente de m'accorder la magie de votre présence, vous me faites l'honneur d'un succulent petit déjeuner !

Il caressa doucement ses cheveux, puis sa main s'attarda sur ses joues, effleura la courbe délicate de ses longs cils.

— Si vous saviez comme c'est agréable de partager ces instants avec une femme différente de ces créatures frivoles qui ne songent qu'à leur beauté. Je ne me rappelle pas avoir vu ma mère ou ma belle-mère préparer autre chose que des masques pour leur visage ! Quel égoïsme et quelle futilité ! Ce que vous avez fait pour moi, Olivia, elles ne l'auraient pas fait !

Il contemplait les flammes d'un air absent, les yeux dans le vague, comme s'il revoyait les images douloureuses du passe.

— Vous en avez beaucoup souffert, n'est-ce pas ? demanda Olivia d'une voix tremblante.

A ces mots, il parut se ressaisir.

— Oh ! C'est fini à présent. N'en parlons plus.

— Fini ? Je ne le crois pas, Lincoln. Si c'était le cas, détesteriez-vous encore les femmes trop jolies ?

Elle regretta aussitôt sa question. Manifestement, ce sujet lui déplaisait et il ne put retenir un geste d'impatience et d'exaspération. Pourtant, Olivia refusa de se laisser intimider.

— Honnêtement, Lincoln, auriez-vous mieux supporte l'égoïsme de votre mère et de votre belle-mère si elles avaient été laides ? insista-t-elle.

— Si elles avaient été laides, elles ne seraient pas devenues égoïstes, rétorqua-t-il avec l'implacable logique d'un homme persuadé d'avoir raison.

Une logique contre laquelle Olivia ne pouvait rien... D'ailleurs, elle était à présent convaincue de l'inutilité de toute discussion à ce sujet. Pour parvenir à détruire les préjugés de Lincoln, elle devait agir de manière à lui prouver que l'on pouvait être belle et profondément sincère...

En y réfléchissant mieux, cette trêve de deux jours lui parut un véritable miracle. A la condition qu'elle lui laisse le temps de mettre ses projets à exécution...

5

Lentement, Olivia commençait à replier ses bagages et à faire la navette entre la tente et la Jeep. Malgré l'heure matinale, le soleil était déjà brûlant, écrasant le désert de sa lumière éblouissante. Nulle ombre dans le ciel clair, d'une limpidité parfaite. Seuls quelques timides nuages cerclaient de brume les plus hautes cimes, laissant présager un nouvel orage d'ici la fin de la journée.

L'air était immobile, vibrant de chaleur, le silence ponctué des mille petits bruits du désert si souvent entendus jadis : le cri des cailles dans les fourrés, le bourdonnement des guêpes, une chute de pierres. Des senteurs familières flottaient, rehaussées par l'humidité qui régnait dans les bosquets touffus et au-dessus du sol où la pluie torrentielle avait creusé des fondrières. Attentive, Olivia retrouvait des sensations disparues, s'en grisait, consciente de la sensualité sauvage de ce désert nu et pourtant mystérieux...

Soudain, près de la Jeep dans laquelle elle

chargeait un carton, le bruit très reconnaissable d'une crécelle, tout proche, très distinct, brisa le silence.

L'espace d'un instant, pétrifiée, Olivia se revit enfant, en train de courir désespérément vers le ranch de ses parents, le jour où un serpent l'avait mordue. Au souvenir de ces minutes terrifiantes, elle se mit instinctivement à hurler.

— Olivia !

La voix de Lincoln, son étreinte puissante et rassurante, la ramenèrent à la réalité. Puisqu'elle était là, dans ses bras, elle ne courait plus aucun danger.

— Que vous arrive-t-il, Olivia ? demanda-t-il, plein de sollicitude, en la serrant convulsivement contre lui.

— Ce n'est rien, dit-elle, honteuse d'avoir cédé à l'affolement.

— Vous n'avez pas crié pour rien...

— Non. J'ai simplement vu un serpent à sonnettes. Entendu, plutôt. A mon avis, il a eu encore plus peur que moi ! ajouta-t-elle en retrouvant son sourire.

— Etes-vous bien certaine de n'avoir pas été blessée ?

— Absolument !

— Si cela peut vous rassurer, je ne pars jamais dans le désert sans sérum antivenimeux.

— A choisir, je préférerais n'avoir pas à en faire une seconde fois l'expérience. J'ai été mordue par un serpent à l'âge de treize ans et, depuis, j'ai une peur panique de tout ce qui rampe !

— Vous savez pourtant bien que cette région est leur territoire de prédilection ! Alors pourquoi vous y aventurer ? C'est courir le risque de rencontres plutôt... indésirables...

— Si l'on devait fuir tout ce qui nous effraie ou comporte des risques, on resterait enfermé chez soi toute sa vie ! répliqua-t-elle crânement. Peut-être, à force d'en voir, serais-je immunisée contre la peur, si ce n'est contre les morsures ?

— Olivia, je vais être obligée d'être sévère avec vous ! Défense de vous aventurer seule dans le désert, que ce soit à pied ou à cheval !

— Vous n'avez pas le droit de me priver de ce plaisir !

— Vous pourrez sortir, mais en ma compagnie exclusivement. Dans un sentier, vous marcherez derrière moi. Ainsi, vous serez en sécurité.

Le ton de Lincoln était sans réplique. D'ailleurs, il fallait bien reconnaître qu'il avait raison. Ce qu'il appelait de la sévérité était, en réalité, un témoignage de sollicitude et de tendresse à son égard. Et elle se prit à rêver d'être, toute sa vie, sous sa protection...

— Tiens ! vous ne cherchez pas à discuter les ordres ? C'est étonnant !

— Non ! Vous voyez, je suis docile et obéissante.

Il caressa ses cheveux et sourit.

— Décidément, vous m'étonnez de plus en plus, Olivia. Autrefois, vous étiez l'obstination faite enfant ! s'exclama-t-il avec humour.

— C'est vrai ; mais depuis, le temps a passé...

— Oui, dit-il rêveusement. Sept ans déjà...

— J'ai beaucoup changé moralement, physiquement aussi. J'étais une petite fille gauche et maladroite. J'ai appris l'art de la beauté. Oh ! Lincoln ! Me rejetterez-vous le jour où vous me verrez sous mon vrai jour ?

— Croyez-vous vraiment que je sois insensible à votre... charme ?

— Mais voudrez-vous encore de moi quand vous découvrirez que je peux être plus séduisante encore ?

— Quelle question ! Bien sûr que oui !

— Même si je ne ressemble plus à l'adoles-

cente que vous avez embrassée il y a très longtemps ?

— Au contraire, Olivia. A présent, tout est
possible. Nous y avons gagné l'un et l'autre en
expérience...

— Vous, peut-être. Pas moi, Lincoln. Et je
crains que mon... inexpérience ne vous éloigne
de moi... avoua-t-elle d'une voix tremblante.

— Vous vous trompez, Olivia. Un baiser de
vous, un seul baiser, me rend plus heureux
qu'une nuit passée avec une autre femme.

A ces mots, Olivia revit Lyn, son visage sensuel,
son regard insolent, provocant... Comment prétendre rivaliser avec une femme d'une aussi
criante sensualité ?

— Une autre femme... répéta-t-elle machinalement. Lyn, n'est-ce pas ?

Il la regarda d'un air stupéfait.

— Lyn ? Qui vous a parlé d'elle, grands dieux ?
Elle le regarda sans répondre.

— Olivia ! Je vous ai posé une question.

— Vous avouez...

— Il n'y a jamais rien eu de sérieux entre Lyn
et moi. Rien !

— Pourquoi en parlez-vous au passé ?

— Parce que c'est fini.

— Depuis quand ?

— Depuis que je vous ai retrouvée. Vous êtes
tout ce que je désire, Olivia, tout ce dont je rêvais.

— Alors, pourquoi ne m'en donnez-vous pas la
preuve, Lincoln ? demanda-t-elle dans un souffle.
Pourquoi faites-vous de moi, contre mon gré, une
femme inaccessible ?

Il la regarda avec tendresse.

— Parce que vous n'êtes pas encore prête,
Olivia, dit-il avec délicatesse. Et que l'attente est
la plus douce des tortures...

— Douce... et cruelle, murmura-t-elle dans un
souffle.

Avec une insoutenable lenteur, Lincoln défit un à un les boutons de son corsage, qu'il fit glisser sur les épaules d'Olivia. Puis, après l'avoir longuement contemplée, il dessina du bout des doigts, avec une savante volupté, les courbes gracieuses de ses seins frémissants dans leur prison de dentelle. Comment résister à cette douce violence ? Lincoln, pourtant, ne l'avait pas encore caressée vraiment... Alors, soudain, il referma ses mains sur sa poitrine et se pencha pour poser un baiser dans la vallée soyeuse qu'elle offrait innocemment à ses lèvres...

— Lincoln ! Oh ! Lincoln ! balbutia-t-elle, infiniment troublée.

Il ouvrait pour elle des horizons inconnus, insoupçonnables... L'intensité de cette étreinte la faisait ployer dans de longs frémissements, lui arrachait de petits gémissements de plaisir étonné.

— Oh ! Lincoln... Cette attente est insoutenable... gémit-elle, abandonnée.

Il eut un sourire éblouissant de séduction.

— Détrompez-vous, Olivia. Car il me faut vous prouver qu'elle peut l'être plus encore.

Sans lui laisser le temps de protester, il prit ses lèvres en un baiser sauvage, ardent, passionné. Ensorcelée, elle glissa ses mains dans les cheveux de Lincoln comme pour l'implorer d'aller plus loin. Dans ses bras, elle devenait pur instinct, femme, enfin...

Pourtant, ce fut lui qui brisa le sortilège, la laissant pantelante, toute frémissante de cet avant-goût de paradis qu'elle n'avait fait qu'entr'apercevoir.

— Pas maintenant, Olivia. Il est encore trop tôt... Je n'ai pas le droit...

A regret, il referma son corsage sur sa poitrine et caressa tendrement son visage.

Muette d'émotion, Olivia acquiesça d'un signe

de tête. Jamais elle n'avait connu ce vertige et, de tout son être, elle aurait voulu se perdre dans ce tourbillon merveilleux et terrifiant du plaisir...

— Il faut songer à rentrer, maintenant, suggéra-t-il avec douceur.

— Rentrer ? Où cela ?

Il la regarda en souriant.

— Chez moi, au ranch. Venez avec moi...

— Que voulez-vous dire ? demanda-t-elle, le cœur battant.

— Que je vous invite à partager ma maison, répondit-il d'un air mystérieux. Nous partirons ensemble avec Roi des sables. Je demanderai à un de mes employés de venir chercher la Jeep dès que le ravin de l'Antilope sera à nouveau franchissable.

— C'est inutile. Je reviendrai la chercher moi-même à la fin du tournage.

Elle se mordit la lèvre, regrettant aussitôt ses paroles.

— Ah ! Je les avais oubliés, ceux-là !

Il y avait un tel mépris dans sa voix qu'Olivia sentit les larmes lui monter aux yeux.

— Que voulez-vous dire ?

— Que vous êtes avec ces gens...

— Qu'entendez-vous par « ces gens » ? Les mannequins, sans doute ? Pourquoi les détestez-vous ainsi ? Est-ce un métier à ce point indigne de respect ? Avez-vous oublié que c'est justement le mien ?

— J'ai du mal à le croire.

— Quand admettrez-vous que c'est une profession parfaitement estimable ?

Il la sentit soudain profondément blessée et prête à se battre.

— Je suis désolé, Olivia. Excusez mon manque de tact. Je ne voulais pas vous faire de peine... Vous êtes fâchée ?

— Non, à condition que vous ne recommenciez

pas ! Vous m'avez proposé une trêve et c'est vous qui la rompez !

— C'est vrai. Je reconnais ma culpabilité.

— Quant à Roger, sachez que c'est un homme très bien ! insista-t-elle. Vous avez tort de le mépriser. Il est fin et cultivé. Il m'a rendu de très grands services et s'est toujours comporté à mon égard avec beaucoup de délicatesse...

— Evidemment, dit-il d'un ton sarcastique. Il vous fait la cour !

— Oui, mais je n'ai pas répondu à ses avances et nous sommes devenus de très bons amis.

Lincoln haussa les épaules, incrédule.

— Comment vous délivrer de vos préjugés ridicules ?

— Oh ! la vie entière n'y suffira pas ! rétorqua-t-il avec arrogance.

— Et vous croyez que j'y réussirai en l'espace de deux jours seulement ?

— Non, Olivia. Vous avez toute la vie pour le faire si vous le voulez.

— Vraiment ?

— J'en suis persuadé.

Il la serra dans ses bras, comme pour la rassurer. Mais Olivia ne put s'empêcher de redouter le moment où il découvrirait qu'elle avait un autre visage et qu'elle était aussi Diana, la célèbre cover-girl qu'on avait choisie pour incarner Magie de femme...

Six ans s'étaient écoulés depuis le jour où Olivia avait quitté les Montagnes du soleil levant. Elle retrouva avec émerveillement le ranch blotti au creux de la vallée de son enfance, clôturé de haies blanches et de prairies verdoyantes, contrastant avec le désert voisin. Tant de fraîcheur et de pureté l'émurent profondément. Oui, c'était bien le paysage de son enfance...

En entendant le claquement des sabots de Roi

des sables, un gros chien sortit joyeusement de l'écurie en remuant la queue.

— Salut, vieux toutou ! dit Lincoln en sautant à terre.

— Bobby ! s'exclama Olivia, étonnée. Dire qu'il n'était encore qu'un chiot quand je suis partie !

Elle descendit aussitôt de sa monture et Lincoln l'accueillit dans ses bras.

— Regardez ! J'ai l'impression qu'il me reconnaît et qu'il est ravi !

— Tout le monde ici est heureux de vous retrouver, Olivia.

— Où est votre petite sœur ?

— Elizabeth ? Oh ! Sûrement pas bien loin ! Elle va être folle de joie de vous revoir. Vous lui avez manqué presque autant qu'à moi.

— Elle doit s'ennuyer ici, dans ce ranch éloigné de tout...

Lincoln ne put réprimer un petit geste impatient.

— Vous aussi, vous vous y mettez ? Pardonnez-moi, Olivia, mais c'est justement sa litanie préférée ! Elle n'a qu'une envie : aller habiter à Palm Springs ! Mais je trouve qu'elle commence à s'intéresser un peu trop aux garçons...

— Quoi de plus naturel, à son âge ?

— En plus, poursuivit-il comme s'il ne l'avait pas entendue, elle ne pense qu'à se maquiller et à s'acheter des robes extravagantes dans des boutiques de modes où la musique est assourdissante.

— Lincoln ! Elle a quinze ans !

— Vous n'étiez pas ainsi, à cet âge-là.

Non, et elle n'en connaissait que trop bien la raison. Car rien d'autre ne comptait que Lincoln McKenzie...

— Oh ! moi... on m'appelait le garçon manqué !

— Vous n'écoutiez pas des disques de musique pop pendant des heures...

— Est-ce qu'elle travaille bien au collège ?

— Oui. Ses résultats sont excellents.

— Alors, pourquoi vous faites-vous tant de souci ?

— C'est que... j'ai peur qu'elle ressemble à sa mère... qu'elle prenne le mauvais chemin...

— C'est ridicule !

La porte de la maison s'ouvrit brusquement et une jeune fille blonde, mince et élancée, sortit en trombe et sauta au cou d'Olivia.

— Oh ! quelle joie de te revoir ! s'écria-t-elle en riant. Tu vois, Lincoln, je t'avais bien dit qu'Olivia reviendrait un jour !

— Moi aussi, Elizabeth, je suis ravie...

— Depuis combien de temps es-tu ici ? Vous vous êtes rencontrés par hasard ? Es-tu ici pour quelque temps ?

— Silence, bébé ! dit Lincoln en riant. Olivia, désirez-vous entrer un moment pour vous reposer ?

— Oui, j'aimerais surtout prendre un bain.

— Bien sûr ! Vous connaissez les lieux, entrez. Elizabeth et moi, nous allons nous occuper du cheval.

La maison était vaste, les pièces claires, en camaïeux d'ocres et de beiges, étaient décorées simplement de tapis indiens. Emue, Olivia retrouvait, intacts, ses souvenirs et ses rêves d'enfant...

En pénétrant dans la salle de bains, elle sourit ; l'endroit était presque aussi grand que son studio de Manhattan ! Quant à la baignoire, elle avait la taille d'une piscine. D'ailleurs, on y maintenait l'eau à température idéale, avec la possibilité de choisir un bain à remous. Soupirant de plaisir, elle se dévêtit et s'y plongea avec délices. Tandis qu'elle se prélassait voluptueusement dans l'eau chaude, tous ses soucis s'envolèrent comme par magie et ses espoirs les plus fous lui parurent les rêves les plus raisonnables qui fussent...

Le bain terminé, elle noua sur sa poitrine une serviette éponge moelleuse et, devant le miroir, brossa avec soin sa longue chevelure brune, qu'elle laissa flotter librement sur ses épaules. Puis elle examina sans complaisance son visage dénué de tout maquillage. La fatigue et les émotions de la nuit avaient creusé ses yeux de cernes bleutés et sa carnation portait la marque de sa lassitude. Pour le bal, elle serait métamorphosée, rayonnante. Mais Lincoln l'aimerait-il encore lorsqu'il la découvrirait dans tout son éclat ?...

Machinalement, elle parcourut la pièce du regard, cherchant la machine à laver. Au même instant, une porte de communication s'ouvrit ; c'était Lincoln...

— Voulez-vous que j'aille chercher vos vêtements ?

— Non, merci, je vais faire une lessive rapide.

— De toute façon, je vous préfère dans cette tenue...

Il se rapprocha d'elle.

— Ou même dans la tenue d'Eve...

Troublée, Olivia tenta de détourner la conversation.

— Que me disiez-vous tout à l'heure à propos d'Elizabeth ?...

— Que son vœu le plus cher est de nous voir mariés.

— Ou peut-être tout simplement de vous savoir marié ? suggéra-t-elle, sur la défensive. Alors, chaque fois que vous amenez une de vos conquêtes au ranch...

Il pâlit et la regarda droit dans les yeux.

— Je n'ai jamais fait venir une femme ici, Olivia.

— Pourquoi vous croirais-je ?

— C'est pourtant la vérité. Vous êtes la première... et il n'y en aura pas d'autre après vous.

— Et Lyn ?

— Pourquoi revenez-vous sans cesse sur ce sujet ? Elle n'a jamais dormi ici ; jamais !

Dans un élan passionné, il l'attira contre lui et, au moment où il posait ses lèvres sur les siennes, il murmura :

— Je vous en prie, Olivia. Epousez-moi...

Et, sans lui laisser le temps de répondre, il prit possession de sa bouche avec une ardeur presque sauvage. Vaincue, elle y répondit de tout son être.

— Je veux entendre un oui, dit-il tout bas.

— Je dois vous parler, Lincoln.

— Discuter, encore ! Rappelez-vous que nous avons conclu une trêve qui va durer jusqu'à la fin du bal...

— Alors, seulement, je pourrais vous répondre oui.

— Puisque vous acceptez, pourquoi pas tout de suite ?

— J'ai mes raisons, Lincoln, répliqua-t-elle fermement.

Pourtant, elle ne se sentait pas le droit de lui avouer qu'au plus profond de son cœur, elle lui avait déjà dit oui, depuis de longues années. Car Lincoln ignorait encore que la petite Olivia était aussi Diana, la célèbre cover-girl adulée des hommes... Le soir du bal, une rude bataille allait se livrer. Une bataille dont l'enjeu était aussi précieux que sa vie...

— Pourquoi attendre ? répéta-t-il en la serrant plus fort.

— Et si, à la fin de la trêve, vous changiez d'avis ?

— M'accuser d'inconstance, moi ! D'habitude, on me reprocherait plus volontiers mon obstination...

Insensiblement, ses doigts glissaient sur ses épaules nues, ensorcelantes.

— Nous nous aimons, Olivia. Votre corps ne ment pas... Dieu ! Que l'attente va me paraître longue...

— Vous l'avez voulue, Lincoln, murmura-t-elle.

Soudain, une voix qui venait du couloir brisa le sortilège.

— Lincoln, Olivia ! Etes-vous là ?

Sans attendre, Elizabeth pénétra dans la salle de bains et s'arrêta net en les voyant tendrement enlacés.

— Oh ! comme je suis contente ! Tu vas épouser Olivia, n'est-ce pas, Lincoln ?

— J'aimerais bien... Mais ça ne dépend pas de moi.

— Olivia ne peut pas refuser ! C'est impossible !

— C'est exactement ce dont j'espère la convaincre.

— Oh ! pour ça, je te fais confiance.

— J'aurai sa réponse à minuit, après le bal...

— Comme dans le conte de Cendrillon ! s'exclama-t-elle avec enthousiasme.

Olivia ne put réprimer un frisson. Que se passerait-il alors, quand sonneraient les douze coups de l'horloge ?

6

Olivia était en train de se coiffer lorsque Elizabeth entra dans sa chambre.

— Lincoln m'a demandé de te dire qu'il est resté à l'écurie. Un poulain doit naître bientôt, dans la nuit, peut-être.

— Oh ! Si nous y allions ?

— Non, dans ces moments-là, mon frère est toujours de mauvaise humeur et il préfère être seul.

— Alors que dirais-tu d'aller faire quelques courses à Palm Springs ?

— Ce serait fantastique !

Olivia continua à se coiffer sous le regard admiratif de l'adolescente.

— Comment fais-tu pour avoir d'aussi jolis cheveux ? Moi, avec ma queue de cheval, je ne suis pas séduisante !

— Tu peux essayer d'autres coiffures !

— Lincoln me l'interdit. Pas de maquillage, pas de robes amusantes, aucun décolleté, et toujours ma vilaine tignasse tirée en arrière depuis six ans ! Avant, je m'en moquais, mais à présent...

Elle esquissa un sourire.

— Tu as un amoureux ?

— Oui, dit-elle en rougissant.

— Qui est-ce ?

— Jack, le frère aîné de ma meilleure amie. Il réside à Palm Springs et je n'ai pas souvent l'occasion de le voir.

— Si c'est un garçon de valeur, s'il t'aime, peu importe la coiffure que tu as...

Elizabeth la regarda avec étonnement.

— C'est exactement ce que Lincoln m'a dit !

— Il a peut-être raison, tu ne crois pas ?

— Oui, mais pourquoi ne met-il pas ses théories en pratique ?

Olivia sentit un pincement au cœur.

— Que veux-tu dire ?

— Eh bien, quand il sort avec une fille, il ne choisit pas une laide !

— Tu n'es pas laide, Elizabeth, dit-elle pour détourner la conversation.

— Bien sûr que si !

Elle se rapprocha du miroir.

— Oh ! Bien sûr, je suis jeune, j'ai la peau claire, les dents blanches, mes traits sont réguliers. Mais on ne me remarque pas !

Pour la première fois, Olivia la regarda très attentivement. L'adolescente avait de grands yeux d'un bleu turquoise qui rappelait le ciel du désert, un visage expressif et rieur, des cheveux blonds, un teint éclatant d'une fraîcheur juvénile. Avec un maquillage léger, des vêtements seyants et une autre coupe de cheveux, il eût été facile de la mettre en valeur.

— Si nous nous dépêchons, nous pourrons flâner durant une heure à Palm Springs, avant la fermeture des boutiques.

— Quelle bonne idée! dit Elizabeth, ravie...
Mais que dira Lincoln?...

— Ne t'inquiète pas...

Elle se contempla dans la glace et poussa un soupir. Comme elle était loin, la belle Diana! Un visage dépourvu de tout maquillage, un corsage simple, un jean délavé... elle était méconnaissable!

— Si Roger me voyait, il ne renouvellerait pas mon contrat, murmura-t-elle.

— Qui est Roger?

— Mon patron.

— Oh! Et que fais-tu comme travail?

— Je suis mannequin... répondit-elle aussi calmement qu'elle le put.

Elizabeth pâlit brusquement.

— Mon Dieu! Lincoln est-il au courant?

— Oui, je le lui ai dit.

— Comment a-t-il réagi?

— J'ai l'impression... qu'il ne le croit pas vraiment.

— Il déteste les mannequins. Sa mère et la mienne exerçaient toutes les deux ce métier et...

— Oui, je sais, répondit Olivia d'un ton détaché.

Elle s'efforça de paraître gaie, mais l'inquiétude d'Elizabeth augmentait ses craintes.

— Tu n'as pas peur que...? insista l'adolescente.

— On verra bien... En attendant, dépêchons-nous si nous voulons être en ville avant la fermeture des magasins!

Elle se mit au volant de la BMW de Lincoln qui les mena rapidement à Palm Springs. La chaleur était étouffante. Au loin, le tonnerre grondait.

Elizabeth lui indiqua la boutique qu'elle préférait, Chic de Paris.

— Lincoln ne m'y laisse jamais entrer.

— Parce que c'est trop cher?

— Non. Parce que c'est un endroit à la mode, qu'on y trouve des tee-shirts sensationnels, de superbes jeans, et qu'on fait les essayages au son de la meilleure musique rock !

— Eh bien ! Pour une fois, tu choisiras... J'en fais mon affaire !

Une heure plus tard, elles ressortaient les bras chargés de paquets.

Elizabeth avait été tentée par une blouse de soie dont le bleu turquoise rappelait la couleur de ses yeux ainsi que par une longue jupe de mousseline un peu plus foncée. Des sandales dorées complétaient cet ensemble élégant.

— C'est merveilleux ! s'écria-t-elle devant la boutique en sautant au cou d'Olivia.

Elle se mit à virevolter gracieusement sans regarder autour d'elle.

— Attention ! Quand on ne sait pas faire des entrechats...! s'écria une passante indignée.

C'était la voix de Lyn !

— Pardon, murmura Elizabeth.

Horrifiée, Olivia rencontra le regard de sa rivale qui détaillait son jean délavé, ses chaussures épaisses, son visage nu.

— Elizabeth ne vous a fait aucun mal, dit-elle fermement.

Sans lui répondre, Lyn se tourna vers l'adolescente.

— Tiens ! Votre frère a engagé une nouvelle domestique au ranch ?

La jeune fille sourit malicieusement.

— Comment ! Lincoln ne vous a pas annoncé la grande nouvelle ? Eh bien ! Sachez qu'Olivia va devenir Mme Lincoln McKenzie !

Le visage de Lyn sembla se décomposer.

— C'est une plaisanterie, balbutia-t-elle. Une de vos manigances... Les filles laides ont de ces ruses...

Elizabeth resta interdite, prête à fondre en larmes.

— Si vous l'aviez bien regardée, vous auriez remarqué qu'elle est jolie, très jolie, même ! rétorqua Olivia.

Lyn éclata d'un rire forcé et sonore.

— Pas possible ! Autant que vous, sans aucun doute ! Et c'est avec ces atouts que vous comptez séduire Lincoln ? Ou bien vous croyez-vous tous les droits sous prétexte que vous lui avez sauvé la vie, un soir d'orage ?

— Je maintiens qu'Elizabeth a beaucoup de charme.

— Avec vos silhouettes de girafes, vous espérez attirer le regard des hommes, toutes les deux ?

— On verra bien... Vous venez à la soirée donnée par Lincoln ?

— Evidemment. Je suis chez moi, au ranch !

— Eh bien ! nous vous donnons rendez-vous là-bas. Vous allez regretter d'avoir traité Elizabeth de laideron !

— C'est moi que les hommes admireront, pas vous !

Elle s'éloigna et continua à rire en traversant la rue.

— Je la déteste ! dit Elizabeth en montant dans la BMW.

— Je me demande ce que Lincoln peut lui trouver, ajouta Olivia comme pour elle-même.

— C'est vrai : elle est d'une vulgarité...

— De plus, elle n'est ni belle... ni intelligente !

— Oui, dit Elizabeth en soupirant. Mais dans le fond, elle a raison... Je suis laide...

— Non ! Je t'assure ! Nous allons passer à l'hôtel où j'ai laissé une partie de mes bagages. Je vais prendre ma robe de soirée et ma trousse à maquillage. Tu seras étonnée une fois la métamorphose accomplie !

Elle ne put s'empêcher de songer à ce que

serait la réaction de Lincoln lorsqu'il découvrirait Olivia au bal. Olivia transformée en Diana parée, fardée, éblouissante...

Lorsqu'elles arrivèrent au ranch, de grosses gouttes de pluie commençaient à tomber.

— Lincoln ! Où êtes-vous ? cria Olivia.

— Probablement encore à l'écurie. Le poulain ne doit pas être né.

— Bien ! Emportons les emplettes dans ta chambre.

— Oh ! Olivia, comment te remercier ? Tu as fait des folies... Je te rembourserai petit à petit...

— Pas question ! C'est un cadeau. Sandra me paie très bien.

— Ta tante ? Ah ! oui ! Lincoln m'en a parlé. Il dit qu'elle est odieuse. Figure-toi qu'elle a intercepté les lettres que je t'avais envoyées...

— Tu m'as écrit ? demanda Olivia, très émue.

— Bien sûr ! En dehors de Lincoln, tu es la seule personne à m'avoir manifesté de l'affection.

— Moi aussi, je t'ai envoyé des lettres...

La jeune fille la regarda, bouleversée.

— Ah ! si Sandra n'était pas venue te chercher, nous aurions pu être tellement heureux, tous les trois ! Lincoln et toi, vous seriez mariés depuis longtemps...

Et Diana n'aurait jamais existé, songea Olivia. Mais il était trop tard pour revenir en arrière. Il fallait que Lincoln l'accepte telle qu'elle était. En aurait-il la force ?

— J'aurais des neveux et nièces, ajouta Elizabeth en riant. Et tu n'exercerais pas ce métier que mon frère déteste.

— Je t'en prie, dit vivement Olivia. Ne me parle plus de mon travail jusqu'à la fin du bal !

— Entendu. Tu me prêtes ton nécessaire de maquillage ? Je vais faire un essai dans ma chambre.

Lorsqu'elle reparut, au bout d'un long

moment, Olivia dut se retenir pour ne pas éclater de rire. Yeux charbonneux, lèvres outrageusement carminées, teint blanc et joues rouge vif... Elizabeth ressemblait à un vrai clown!

— Ce n'est pas réussi ? demanda-t-elle piteusement.

— Non, pas tout à fait, dit Olivia. Veux-tu me laisser faire ?

— Bien sûr!

— Le maquillage est un art. Il ne s'improvise pas. A chaque forme de visage, à chaque personnalité, correspond une gamme de couleurs. Il faut également tenir compte de l'âge.

— J'aimerais paraître un peu plus âgée...

— Non. C'est ridicule. Ce qui convient à une femme de vingt-cinq ou trente ans ne va pas à une adolescente. Chaque femme est différente, unique. Je suis brune, tu es blonde. Mon visage est triangulaire, le tien est ovale...

— Mon Dieu! que c'est compliqué!

— Pas du tout. Ce qu'il faut, c'est se connaître soi-même, tirer parti de ses défauts, mettre en valeur ses qualités...

— Hélas! Je n'en ai aucune, dit tristement Elizabeth.

— Si! Fais-moi confiance. Tu te regarderas dans la glace une fois que j'aurai terminé.

— Très bien! Patientons!

Olivia travailla en silence. Un peu de rose sur les joues de la jeune fille, une très légère ombre bleutée sur les paupières, du mascara pour les cils... Elle termina par une touche de brillant à lèvres, qui rehaussa l'éclat de ses lèvres bien dessinées.

— Voilà, j'ai terminé. Qu'en penses-tu ?

Elizabeth s'installa timidement devant la coiffeuse et se contempla, stupéfaite.

— Ce n'est pas possible, murmura-t-elle.

Le miroir reflétait l'image d'une jeune fille à la beauté pure et sophistiquée tout à la fois.

— Quelle métamorphose ! s'exclama-t-elle, ravie. Pourtant, je n'ai pas vraiment changé... C'est vrai qu'il suffit d'un petit rien pour être vraiment soi-même... Et pour la coiffure, que me conseilles-tu ?

— La plus naturelle. A ton âge, Elizabeth, on peut tout se permettre ! Je te prêterai des bijoux, si tu veux.

— Merci, Olivia ! Tu es une vraie fée ! Tu m'as transformée complètement d'un coup de baguette magique !

— Transformée... mais en quoi ? demanda une voix sarcastique.

Olivia se retourna et sursauta en apercevant Lincoln.

— Vous allez m'expliquer comment vous avez changé mon innocente petite sœur en... danseuse de cirque !

Malgré l'insulte, malgré le regard sarcastique et méprisant de Lincoln, Olivia essaya de rester calme et d'épargner à Elizabeth une humiliation injustifiée.

— Je crois que vous êtes en train de rompre la trêve, Lincoln, lui fit-elle posément remarquer.

Son cœur battait très fort et elle dut faire appel à tout son sang-froid, à toute son expérience de cover-girl habituée aux remarques cyniques pour parler avec désinvolture.

— C'est vous qui l'avez rompue ! lança-t-il froidement.

— Moi ? Je n'ai pas prononcé un mot !

— Non. Mais vous avez peinturluré Elizabeth !

— Pas du tout ; ce sont des fards très subtils, très discrets.

— Qu'importe ! Pour moi, une vraie beauté est une beauté sans fard.

Olivia soutint son regard sans ciller.

— Lincoln ! Pourquoi refusez-vous que votre sœur mette son charme en valeur ?

— Comment pouvez-vous dire une chose pareille ?

— Parce que c'est la vérité. N'avez-vous donc aucune confiance en elle ?

Elizabeth tenta de parler mais, d'un geste de la main, Olivia lui intima le silence et poursuivit :

— Je ne comprends pas votre attitude. Elizabeth est votre sœur, vous l'avez élevée et...

Il ne lui laissa pas terminer sa phrase.

— ... et c'est aussi la fille d'une femme méprisable, conclut-il avec cynisme.

— Je te déteste ! s'écria Elizabeth avant de sortir en claquant violemment la porte derrière elle.

Olivia, restée seule avec lui, rangea méthodiquement la coiffeuse, puis se tourna vers lui :

— Honnêtement, Lincoln, considérez-vous vraiment votre sœur comme une fille légère ?

— Je n'ai jamais dit ça.

— Alors il ne vous reste plus qu'à lui demander de vous pardonner. Vous lui avez fait de la peine et il est normal qu'elle ait réagi ainsi. D'ailleurs, je ne comprends pas le mépris que vous affichez envers les jolies femmes. Vous n'en êtes pas à une contradiction près ! Quand je songe à Lyn... Quelle ironie, vraiment, que vos goûts vous portent précisément vers cette créature vulgaire et superficielle ! Ce que je comprends encore moins, c'est que vous aimiez en elle exactement ce que vous nous refusez, à Elizabeth et à moi ! s'exclama-t-elle avec véhémence.

— Qu'importe la manière dont Lyn s'habille et se maquille, dit Lincoln avec lassitude. Aux yeux des hommes, elle n'est qu'une poupée, un jouet. Rien de plus. Qui songerait à bâtir un avenir avec ce genre de femme ?

— Ce n'est pas à moi de le dire, mais à vous !

rétorqua Olivia, vibrante d'indignation. Mais j'en conclus une chose : pour vous, beauté et amour sont inconciliables tout simplement parce que vous confondez séduction avec artifice et tromperie ! Et je tremble à l'idée des piètres sentiments que vous inspirera votre épouse !

A ces mots, Lincoln, s'approcha d'elle et posa ses mains sur ses hanches en un geste tendre et passionné à la fois. Un étrange feu brûlait dans ses yeux et l'on eût dit qu'il n'avait pas entendu les reproches d'Olivia.

— Quand un homme contemple la femme qu'il aime en songeant à l'enfant qu'ils auront un jour, quand il sait qu'elle a risqué sa vie pour le sauver, quand un merveilleux sourire a éclairé son réveil, que lui importe la beauté ! Est-ce vraiment bien l'essentiel au regard de cette passion dévorante qui les unit ? Je ne le crois pas, Olivia...

— Peut-être, murmura Olivia. Mais une femme cherchera toujours à plaire à son époux, à rester la plus belle à ses yeux ! Vous ne pourrez jamais l'en empêcher !

Sans répondre, Lincoln se dirigea vers la commode, ouvrit un tiroir et en sortit une photographie encadrée.

— Tenez, dit-il. Regardez ! Voici ce que j'appelle une jolie fille.

— Qui est-ce ? demanda Olivia avec curiosité.

— Ma mère.

C'était une femme d'une beauté radieuse, que le photographe avait surprise dans tout l'éclat de sa jeunesse. Une épaisse chevelure brune et bouclée, des yeux immenses, une bouche bien dessinée et sensuelle, un buste magnifique... Pouvait-on rêver séduction plus irrésistible ?

— Qu'elle est belle ! s'exclama Olivia avec une admiration sincère.

— Belle... et indigne, murmura Lincoln, les traits crispés.

— Comment osez-vous dire cela de votre mère ?

— C'est la stricte vérité, dit-il amèrement. Je suis né cinq mois après son mariage avec mon père. A l'époque, il avait ouvert une agence de modèles à Hollywood. Elle était mannequin et rêvait de devenir une star... Aussi suis-je certain de n'avoir pas été un enfant désiré. Pour ce genre de femme préoccupée uniquement de sa carrière, une naissance ne pouvait être qu'un obstacle...

Olivia voulut l'interrompre, mais il poursuivit d'une voix sourde :

— J'avais cinq semaines lorsque mon grand-père paternel est mort. Mon père a hérité du ranch. Comme il était content de revenir ici ! Il ne s'était jamais plu à Hollywood et n'aimait pas son travail à l'agence. Par contre, il adorait les chevaux. Ma mère, elle, détestait la campagne. Quand j'eus trois ans, elle reprit son métier de modèle, ou du moins ce qu'elle appelait ainsi. De son côté, mon père travaillait comme un forcené, car grand-père avait laissé des dettes. De l'aube au coucher du soleil, il était dehors et rentrait le soir harassé...

— La vie a dû être très pénible pour eux, murmura Olivia, compatissante.

— Pour lui, pas pour elle ! Comme elle n'avait pas d'argent pour me faire garder, elle m'emmenait partout avec elle. A force de rester des heures à l'attendre dans la voiture, j'ai compris qu'elle nous trompait sur la vraie nature de ses activités...

Bouleversée, Olivia aurait voulu témoigner de son émotion par un mot ou un geste, mais elle craignait de le voir s'arrêter de parler...

— J'avais sept ans la dernière fois qu'elle me laissa ainsi. Il faisait une chaleur épouvantable.

J'avais faim et soif. J'ai attendu presque toute la journée, et puis je me suis endormi en pleurant. A mon réveil, il faisait nuit et je tremblais de peur. Je crois que je n'oublierai jamais ma frayeur et ma solitude... Je suis resté seul jusqu'au matin. Je n'osais pas crier... C'est mon père qui est venu me chercher...

Olivia sentit les larmes lui monter aux yeux et demanda :

— Que s'est-il passé alors ?

— Ma mère avait pris la fuite avec un homme. Je ne l'ai plus jamais revue, murmura-t-il.

— Savez-vous ce qu'elle est devenue ?

— Non, au point que j'ignore même si elle est toujours en vie. J'ai appris à me passer d'elle.

— Et votre père ?

— Il ne s'est pas consolé de ce départ, mais il n'en a pas non plus tiré les leçons puisque, trois ans plus tard, il épousait Jane. Très belle, comme ma mère. Blonde aux yeux bleus. Sa fille lui ressemble beaucoup et je crains que...

— Non, Lincoln ! Il n'y a entre elles qu'une ressemblance physique. Je suis sûre que votre sœur n'aura ni le caractère, ni les goûts de Jane. Ce n'est pas une fatalité !

— J'avais quinze ans lorsqu'elle a mis au monde Elizabeth, poursuivit-il, inflexible. Elle ne s'est jamais occupée de sa fille. Elle était même jalouse quand mon père manifestait de l'affection à ce bébé.

— Pauvre enfant ! dit tout bas Olivia.

Atterrée par ces révélations, elle aurait voulu lui crier son amour, le consoler, effacer le passé d'un coup de baguette magique. Mais elle se sentit désespérément impuissante à conjurer ces souvenirs trop douloureux...

— C'est moi qui l'ai élevée. Peu à peu, papa s'est mis à boire... Je ne pouvais rien contre cette lente destruction. Jane, elle, passait son temps devant son miroir à se maquiller et à guetter l'apparition des premières rides. Les disputes sont devenues de plus en plus fréquentes entre eux. Vous vous rappelez ?

— Oui. J'étais terrorisée.

— Un soir, ils sont sortis tous les deux après s'être querellés violemment. Mon père était très énervé ; il a perdu le contrôle de sa voiture et il a heurté celle de vos parents...

— Je sais, murmura-t-elle avec douceur.

— ... et vous avez perdu vos parents par la faute d'une femme infidèle et indigne !

— Non ; la fatalité seule est en cause.

— Si elle n'avait pas péri dans l'accident, je ne sais ce qu'il serait advenu d'elle. Non, Olivia, elle ne mérite pas une larme !

— Ce n'est pas elle que je pleure ! dit-elle vivement.

Elle blottit son visage au creux de son épaule.

— Je vous en supplie, Lincoln, cessez de vous torturer avec le passé ! Vous ne ressemblez pas à votre père ; vous êtes fort, il ne l'était pas. Moi, je n'ai rien de Jane. On peut être mannequin et parfaitement honnête !

— Je sais bien...

— Il faut que vous en soyez persuadé. Il existe des femmes à la fois belles, vertueuses et fidèles, contrairement à ce que vous affirmez !

— Admettons.

— Souvenez-vous-en lorsque vous me verrez demain soir au bal...

— Pourquoi le devrais-je ?

— Promettez-moi de garder présent à l'esprit qu'une femme peut être jolie et mériter d'être aimée.

— Promis ! Mais que signifient tous ces mystères ?

— Vous le saurez bientôt, et je ne manquerai pas de vous rappeler votre serment.

Elle le regarda passionnément.

— Moi aussi je peux être très belle, Lincoln.

— Comme si je ne m'en étais pas aperçu !...

Le téléphone sonna, interrompant leur discussion. Lincoln se dirigea vers l'appareil et décrocha l'écouteur.

— On m'appelle de l'écurie, dit-il. La jument est sur le point de mettre au monde son poulain. Je reviendrai aussi vite que je le pourrai.

Il sortit de la pièce après avoir hésité un instant, comme s'il avait voulu ajouter quelque chose...

Bouleversée, Olivia resta un long moment immobile. L'amour qu'elle éprouvait pour Lincoln saurait-il triompher de ses préjugés ? De tout son cœur, elle voulait le croire...

7

— Olivia ! Tu dors ?

La voix d'Elizabeth arracha brusquement Olivia à un sommeil agité et peuplé de cauchemars. Sur le qui-vive, elle se redressa et repoussa draps et couvertures.

— Non. Je suis réveillée !

— Puis-je entrer ?

— Bien sûr !

Instinctivement, elle massa ses tempes où palpitait une douleur sourde que la nuit n'avait pas apaisée. Elle avait attendu Lincoln de longues heures, en vain. Puis, épuisée, elle s'était endormie sans l'avoir revu.

Elle s'étira avec lassitude en regardant la lumière qui filtrait à travers les doubles rideaux. Quelle heure pouvait-il être ? Elle n'en avait aucune idée...

Elizabeth entra, traînant derrière elle le long fil du téléphone installé dans le corridor.

— Es-tu assez réveillée pour parler à ton patron ? demanda-t-elle d'un air méfiant.

— Evidemment! Pourquoi pas? dit-elle d'une voix fatiguée.

La jeune fille posa le combiné sur le lit et fit un pas vers la porte.

— Reste, je t'en prie! Je peux avoir besoin de toi.

Elle sourit, mais sa voix trahissait son anxiété. La veille, elle avait laissé à Roger Royce un message pour l'informer qu'il pouvait la joindre chez Lincoln McKenzie, au ranch, en cas de besoin. « Surtout, avait-elle précisé, appelez-moi Olivia et non Diana! »... A présent seulement, elle se demandait quelle avait été sa réaction... et elle la craignait.

Elizabeth parut très étonnée.

— Pourquoi es-tu inquiète, Olivia? Tu es en retard pour aller travailler?

— Non, ce n'est pas ça... Mon patron est certainement furieux que je sois ici, chez Lincoln.

— Ah! C'est ton amoureux?

— Pas du tout, mais il aimerait bien l'être et j'ai eu beaucoup de mal à lui faire admettre que nous devions rester de bons amis, rien de plus.

— Tu as peur de perdre ta place?

Olivia sourit en saisissant le combiné.

— Non. Il a trop besoin de moi. Je crois qu'il aurait du mal à me trouver une remplaçante. Simplement, il risque d'avoir un choc.

Elle approcha l'écouteur de son oreille.

— Roger! Vous êtes bien matinal!

— Bonjour, Olivia! Savez-vous qu'il est déjà dix heures! Je travaille depuis l'aube. J'ai appelé Sandra à New York et nous avons longuement parlé... Et vous, comment allez-vous? Cette équipée dans le désert... C'était réussi?

— Orageux, merveilleux!...

Il y eut un long silence.

— Dites-moi : ce nom de Lincoln McKenzie me dit vaguement quelque chose...

— C'est lui qui s'occupe de Hidden Springs, répondit-elle aussi calmement qu'elle le put.

— Ah! je vois! C'est le cow-boy que j'ai pris pour un figurant, n'est-ce pas? Vous m'aviez pourtant dit qu'il n'y avait absolument rien entre ce beau ténébreux et vous, il me semble...

— C'était vrai à ce moment-là. Je ne vous ai pas menti.

— Et ce n'est plus vrai maintenant, si je comprends bien?

— Vous avez très bien compris, dit-elle d'une voix étranglée.

Elle devina que Roger retenait son souffle.

— Serez-vous heureuse avec lui? demanda-t-il après quelques instants de silence.

Ni colère ni amertume dans sa voix, mais une sollicitude qui la bouleversa profondément. Contrairement à ce qu'elle avait redouté, Roger se conduisait avec elle comme un véritable ami auquel elle pouvait se confier sans crainte.

— J'aime Lincoln depuis l'âge de neuf ans. Nous avons été séparés par la mort de mes parents. Sandra m'a emmenée à New York...

— Un amour d'enfance! s'exclama-t-il. Alors je ne suis pas de taille à lutter...

— C'est vrai, reconnut-elle.

— Mais êtes-vous bien certaine de vos sentiments, Olivia? Il m'a paru tellement... différent de vous...

— Oui, je suis sûre de ce que je ressens.

— Je m'incline. Aussi longtemps que vous accepterez d'incarner Magie de femme, chère Olivia, je vous resterai fidèle.

— Soyez sans inquiétude, Roger. Je n'ai pas oublié que c'est vous qui m'avez offert mon plus beau contrat... ni que vous créez les plus beaux modèles du monde!

— Et quand bien même vous refuseriez, vous êtes irremplaçable!

— Roger ! Vous me faites rougir ! s'exclama-t-elle en riant.

— A la bonne heure ! Toutefois, rappelez-vous, quand la vie rustique aura perdu ses charmes à vos yeux, quand vous serez lasse de ce beau ténébreux, de ce démon, qu'un ange blond sera là pour guérir vos blessures...

— Lincoln n'est pas un démon !

— Il faut qu'il le soit un peu pour vous avoir ensorcellée ainsi ! Mais ce n'est pas pour vous parler de lui que je vous ai téléphoné. Je voulais vous informer que le tournage à Hidden Springs est reporté pour le moment. Nous commencerons les prises à San Lucas, où il fait beau, chaud... et sec, contrairement à ici !

— Quand partirons-nous ? demanda-t-elle, soudain inquiète. Et pour combien de temps ?

— La semaine prochaine. Malheureusement, je ne peux vous donner plus de détails car je n'ai pas encore trouvé le modèle masculin.

— N'est-il pas possible de retarder un peu ce départ ?

D'ordinaire, cette vie de voyages et d'imprévus amusait Olivia, mais l'idée d'avoir à se séparer de Lincoln la plongea dans l'angoisse.

— Tout à fait impossible. D'ici là, j'aurai remplacé le candidat retenu — et qui s'est foulé un poignet entre-temps. Je l'espère, du moins...

— Pourquoi ne pas demander à Lincoln ?

— Décidément, on a raison de dire que l'amour est aveugle !

— Pourquoi ?

— Parce que votre... ami ne correspond pas à l'homme raffiné et civilisé que je recherche. Il est un peu trop rude, sauvage, indomptable... comme ce désert de Hidden Springs, comme ces pur-sang qu'il élève... Olivia ? Est-ce vous que j'entends rire ?

— Non. Elizabeth, la sœur de Lincoln, a pris

l'écouteur, et le portrait que vous avez dressé de son frère l'amuse beaucoup. D'après elle, il n'est sombre que lorsqu'il laisse exploser sa colère. Sinon, il est aussi paisible qu'un chat...

— Un chat ? Un félin, sans nul doute, mais dangereux et rapide comme le guépard...

Olivia tenta de détourner la conversation.

— Pourquoi ne viendriez-vous pas à la réception qu'il donne ce soir ? Vous pourriez faire sa connaissance.

— Je regrette, mais j'ai promis d'accompagner Mme Lacara à une vente de chevaux, je ne sais où...

— C'est ici ! souffla Elizabeth. Cette dame est invitée !

— La vente de pur-sang arabes a lieu au ranch de Lincoln, dit Olivia. Nous nous verrons donc dans quelques heures...

— Quelle coïncidence ! Moi qui me résignais à m'ennuyer toute la soirée ! Je suis ravi de vous y retrouver ! Et de rencontrer mon rival en chair et en os !

— Roger ! trancha Olivia d'un air de reproche affectueux.

— J'oubliais que Lincoln n'apprécie pas beaucoup l'humour ! Rassurez-vous, je saurai me tenir et faire bonne figure !

— J'y compte bien !

— Alors, à ce soir, belle Olivia, et réservez-moi une danse...

Avant qu'elle ait eu le temps de répondre, il raccrocha.

— J'ai l'impression qu'il t'aime bien, dit Elizabeth en souriant.

— Oui, Roger est un excellent ami. Rien de plus.

Elle poussa un soupir de soulagement. Tout s'était bien passé. Roger avait très bien réagi. Evidemment, il faudrait quitter Lincoln dans quelques jours, à moins qu'il n'accepte de venir avec elle à San Lucas... Un miracle était toujours possible !

— Je crois que tu plairas aussi à Roger, ajouta-t-elle.

— Vraiment ?

— Oui. Il apprécie le charme et la gaieté chez une femme.

— Mais je ne suis pas charmante ! Lincoln se tue à me répéter que...

— Tu sais bien que ce n'est pas vrai. Mais nous avons plus urgent à faire que de discuter. Puisque le maître de maison n'est pas encore revenu des écuries, la charge nous incombe de préparer la maison pour ce soir !

Ce n'était pas une mince affaire que d'organiser la réception !

Dehors de nombreux ouvriers s'affairaient, installant l'estrade qui servirait de piste de danse dans le jardin. Au cas où un orage éclaterait, les danseurs seraient protégés de la pluie par un vaste dais de toile rouge et blanc. Déjà, les cochons de lait rôtissaient sur de grandes broches, au-dessus des braises, tandis que le buffet et le bar étaient disposés sur de longs tréteaux recouverts de nappes immaculées, ornées de bouquets de fleurs.

Bien que la vente proprement dite ne fût prévue que pour le début de l'après-midi, les premiers invités étaient arrivés tôt dans la matinée et allaient et venaient dans les écuries. Beaucoup venaient en simples curieux, sans aucune intention d'acheter.

Aux environs de midi, Olivia se sentit de plus en plus impatiente et gagnée par une nervosité qu'elle ne parvenait pas à cacher. Chaque fois qu'elle voulait s'échapper pour aller retrouver Lincoln, il se trouvait quelqu'un pour l'en empêcher — que ce fût le sommelier, le décorateur, et d'autres encore, qui la pressaient de questions angoissées.

Vers trois heures, elle décida de s'éclipser, quoi qu'il arrive. Le mieux était de passer derrière la maison. Elle sortit discrètement... et se sentit saisie par le bras.

Elle se retourna, furieuse. C'était Elizabeth.

— Oh! pardon! J'allais me mettre en colère! Voilà des heures que je cherche à voir Lincoln...

— C'est justement lui qui m'envoie.

— Où est-il? A l'écurie?

— Oui, la jument vient d'avoir une pouliche. La maman et le bébé se portent bien, dit-elle en riant.

— Merveilleux. Et Lincoln?

— Il est très fatigué.

— T'a-t-il fait des excuses, au moins, au sujet d'hier soir?

— Oui, mais au fond, cela ne change rien. Il refuse de me voir grandir... Ah! si je pouvais rester une éternelle enfant gauche et maladroite, comme il serait content!

— Laisse-lui le temps, Elizabeth. Peu à peu, il comprendra que beauté et inconstance ne sont pas toujours synonymes!

— Que veux-tu dire? demanda-t-elle, inquiète. Que tu ne tiendras pas ta promesse?

— Laquelle?

— Celle de me coiffer, de me maquiller...

— Une promesse est une promesse, Elizabeth. Je compte bien la tenir.

— Et quelle est-elle? demanda soudain une voix familière.

Lincoln!

Olivia se retourna et lui sourit d'un air malicieux.

— Ne cherchez pas à le savoir, ou alors vous auriez envie de rompre à nouveau la trêve.

82

— Je ne suis pas en état de discuter.

Au même instant, le traiteur traversa la pelouse et appela Olivia.

— Je m'en occupe ! proposa Elizabeth.

— Je veux bien. Je suis à bout de forces !

L'adolescente s'éloigna aussitôt d'un pas léger. Olivia et Lincoln se retrouvèrent seuls, face à face.

— Avez-vous bien dormi, Olivia ?

— Assez, oui... répondit-elle, volontairement évasive.

Elle n'osa pas lui avouer qu'elle avait passé des heures à l'attendre.

— Venez...

Il prit Olivia par la main. Lentement, ils montèrent les escaliers qui conduisaient à la maison, traversèrent la cuisine, puis le salon et pénétrèrent dans la chambre du maître des lieux. Lincoln referma la porte derrière lui et se laissa tomber dans un fauteuil. Son mouvement lui arracha une exclamation de douleur.

— Vous souffrez encore ? demanda-t-elle doucement.

— Je suis tout courbaturé ! Mettre au monde un poulain est épuisant. Je suis resté debout la nuit entière !

— Que diriez-vous d'une bonne friction ? Rien de meilleur quand on est fatigué...

— Excellente idée !

Elle alla dans la salle de bains et revint avec ce flacon d'huile parfumée, aux vertus relaxantes, dont elle s'était servie pour son bain.

— Quel parfum agréable, rafraîchissant. Il vous ressemble !

Avec un soupir, il se jeta sur le lit.

Olivia versa un peu de liquide ambré au creux de ses mains et commença à masser les muscles de son dos.

— Qui vous a appris cet art ? Un homme ? lança-t-il, ironique.

— Oui, mon professeur de danse. Pour lui, rien n'était plus terrible que la fatigue musculaire. Pour nous aussi, d'ailleurs, ajouta-t-elle en souriant.

— Il avait raison. Je me sens déjà mieux !

Elle poursuivit son massage en silence. Il se laissait faire et elle admirait les lignes parfaites de son corps. Tout en lui respirait la force et la souplesse mêlées. Il était bâti comme un athlète, à la fois puissant et élégant, comme un félin au repos. Et, comme un félin, il suggérait aussi la volupté, la noblesse, une douce, trop douce sensualité. A mesure que ses mains couraient sur sa peau nue, elle se sentait envahie par un plaisir indicible, merveilleux. Sa poitrine se soulevait régulièrement au rythme de sa respiration si bien que, étonnée, elle crut qu'il s'était assoupi.

— Lincoln... vous dormez ? demanda-t-elle dans un souffle.

— Pas du tout.

— Je... je ne peux pas masser vos jambes si vous gardez votre jean sur vous, balbutia-t-elle en rougissant.

Il se retourna et se mit à rire.

— Si je l'enlève, êtes-vous bien certaine de garder la tête froide ?

— Certaine ! Vous pouvez avoir confiance en moi, Lincoln, déclara-t-elle le plus sérieusement du monde.

Il se redressa, l'attira brusquement contre lui, la serra très fort... Avant même d'avoir eu le temps de protester, elle se trouva emprisonnée dans ses bras et lut, dans son regard, un sentiment sans équivoque...

— C'est en moi que je n'ai pas confiance, Olivia.

Sa bouche prit possession de la sienne avec une

fulgurance qui rappela à Olivia la foudre et la beauté de l'orage dans le désert... Puis, saisi d'une audace nouvelle, il ouvrit son corsage et elle roula tout contre lui en poussant un gémissement...

Allait-il enfin apaiser la faim qu'elle avait de lui ? Ce plaisir qui ne viendrait que de lui, elle l'attendait fiévreusement, l'appelait de toutes ses forces. Nouant ses bras autour de sa nuque, elle n'eut pas conscience de l'implorer, de lui communiquer la flamme qui brûlait dans ses veines comme la lave en fusion... Brusquement, pourtant, il s'écarta d'elle et elle se sentit injustement repoussée.

— Vous... vous ne voulez pas de moi ? demanda-t-elle d'une voix tremblante.

— Je vous désire, Olivia. Passionnément...

— Alors pourquoi... me délaisser ?

Il la regarda intensément. Dans ses yeux sombres scintillaient des paillettes mordorées, fascinantes...

— Parce que mes obligations de maître de maison ne me laissent pas l'esprit en paix. Parce que cette nuit m'a épuisé. Parce que je veux que ce moment soit parfait, Olivia.

A ces mots, prononcés d'une voix chaude et vibrante, un long frisson la parcourut tout entière. Lincoln avait raison, mais elle avait envie d'être déraisonnable... En silence, il se leva et ouvrit la porte qui communiquait avec la salle de bains. Au bout d'un moment, il revint, enveloppé dans une grande serviette éponge.

— Il me reste dix minutes pour m'habiller et me préparer...

— Il ne tient qu'à vous de faire attendre vos invités, suggéra-t-elle, tremblante.

— Impossible, Olivia. Cette vente annuelle de yearlings est très importante pour tout le ranch.

Comprenez-moi. Nous avons la nuit entière devant nous, la vie entière...

Elle acquiesça d'un petit signe de tête, angoissée à la perspective de cette soirée qui approchait inéluctablement. Saurait-il reconnaître, derrière le beau visage de Diana, la timide et vulnérable Olivia qu'elle était restée ?

— La nuit tout entière, répéta-t-il en effleurant voluptueusement ses lèvres frémissantes.

Il prit son visage entre ses mains, avec une passion contenue.

— Serez-vous là, Olivia ? Près de moi ?

— Oui, Lincoln...

Elle sourit, remit de l'ordre dans sa tenue et sortit de la chambre, le cœur battant.

— Et maintenant, je peux me regarder ? demanda Elizabeth, incapable de contenir plus longtemps sa curiosité et son impatience.

— Pas encore.

— Qu'est-ce que tu fais à présent ?

— Je vais te coiffer.

— J'ai tellement hâte de me voir !

— Vraiment ? Là, tu m'étonnes ! dit Olivia en riant.

— Méchante ! s'exclama Elizabeth avec une moue boudeuse qui cachait mal sa joie. Tu sais... Jack est arrivé !

— Lequel est-ce ? Un des garçons qui se trouvaient près du barbecue au déjeuner ?

— Oui. Le plus sympathique !

— Ils le sont tous, à mon avis.

— Le plus beau aussi. Mais si, tu l'as vu. Il est très grand et il se tenait juste à côté d'une petite rousse...

— Ah ! oui, je vois...

— C'est sa sœur, ma meilleure amie.

— Bien... Voilà, Elizabeth ; tu peux te regarder, à présent. Alors ? comment te trouves-tu ?

La jeune fille bondit vers le grand miroir qui ornait la chambre de Lincoln. En contemplant son image, elle ouvrit de grands yeux étonnés et ravis. Ses cheveux dorés, disciplinés en boucles naturelles, venaient mourir dans son dos voilé de soie bleue. Sa jupe, d'un bleu turquoise assorti, tombait en plis amples et gracieux jusqu'à ses pieds, chaussés de sandales dorées. Elle remua joyeusement la tête et le mouvement souple de sa chevelure découvrit deux pendentifs de turquoise qui soulignaient la couleur de ses yeux.

— Merveilleux !

— Tu vois ! Ton maquillage est tellement léger qu'il est presque invisible, approuva Olivia en souriant.

— Grâce à toi, je me trouve presque jolie, tu sais !

— Jolie ? Plus que cela, Elizabeth !

Une ombre passa sur le visage de l'adolescente.

— Je ressemble à ma mère... Est-ce que...

— Dis... Que veux-tu me demander ?

— Lincoln avait-il raison de la mépriser ainsi ?

— Je crois que ta maman n'a pas eu de chance, Elizabeth. Et quand on est malheureux, on fait n'importe quoi... Nous n'avons pas le droit de la juger.

— Est-il vrai que j'ai un peu de son caractère ?

— Tu es très différente. Crois-moi.

— Mais... Ce n'est pas l'avis de mon frère...

— Lincoln a souffert par la faute de deux femmes très belles. Il se méfie de toutes les filles qui sont jolies. Il faut lui prouver qu'il a tort.

Elle prit les mains d'Elizabeth entre les siennes.

— Veux-tu m'aider ?

— Oh ! oui !

— A présent, à mon tour de te surprendre !

Et, sur ces mystérieuses paroles, elle entra dans la salle de bains...

Le cœur battant, elle revêtit sa tenue préférée, une longue robe noire dont les lignes simples et pures soulignaient les lignes harmonieuses de sa silhouette. Le décolleté audacieux découvrait sa gorge nacrée, dénudait ses épaules et descendait presque jusqu'au creux de ses reins, dont il dessinait la gracieuse cambrure.

Pour protéger le tissu délicat, elle enfila un peignoir de satin avant de commencer à se maquiller puis, avec un sourire radieux, elle se mit au travail, avec des gestes précis et professionnels.

Après avoir appliqué un fond de teint clair et velouté, elle posa un peu de *blush* sur ses pommettes et ombra ses paupières d'ocre irisé. Puis elle dessina avec un soin extrême la ligne de ses lèvres, soulignée d'un trait carmin, et brossa ses sourcils. Entre plusieurs flacons de parfums, elle choisit le subtil mélange de rose, de jasmin et d'ylang-ylang, dont l'exotisme la ravissait.

Quelques instants plus tard, elle ôta la blouse et libéra ses cheveux qui se déployèrent en amples vagues brunes. Les pieds chaussés de sandales dorées à hauts talons, elle se contempla dans la glace.

Oui, elle était rayonnante. Avec un mélange de fierté et de crainte, elle songea que, jamais, elle n'avait été aussi séduisante. Et de cette métamorphose, de cette sensualité qui émanait d'elle, Lincoln seul était responsable. Cette sensualité nouvelle, dont elle se croyait privée, se lisait à présent sur son visage, dans le dessin de sa bouche, dans l'éclat fiévreux de ses yeux. Mais lui, comment réagirait-il ? Là était toute la question...

Elle ouvrit la porte de la salle de bains et cria :
— Elizabeth ! Tu peux venir...
Pas de réponse. La jeune fille avait disparu.

— Où peut-elle être allée ? dit tout haut Olivia. Dans le jardin ? Dans sa chambre ?

— Ah ! te voilà ! Je te cherchais partout !

Mais Elizabeth ne l'entendit pas. Assise devant la télévision, les yeux écarquillés, elle fixait l'écran où défilaient les images d'un film publicitaire auquel Olivia avait participé un an auparavant... Dans le restaurant d'un grand hôtel surplombant l'océan, elle apparaissait dans une somptueuse robe du soir vert pâle et un homme infiniment séduisant lui offrait une coupe de champagne tandis que des violons invisibles jouaient une valse langoureuse et qu'une voix charmeuse murmurait :

« Royce. Un voile de parfum, un voile de soie sur la peau nue... »

— Elizabeth ?

— Oui, dit-elle sans se retourner. Qu'est-ce qu'il y a ?

— Ma métamorphose est achevée.

Elizabeth ne bougea pas et continua à fixer l'écran.

— Regarde ! La plus belle femme du monde !

— Merci, dit Olivia.

— Pourquoi dis-tu cela ?

Elle tourna la tête et se figea, muette de surprise.

— Parce que c'est moi.

— Tu... tu es Diana ? Magie de femme ?

Elle contempla Olivia avec admiration.

— Mais c'est vrai ! Comme tu es belle ! J'ai vu ce film des dizaines de fois, je le connais par cœur et je n'avais pas compris que c'était toi... Pourquoi ne nous l'as-tu pas dit ?

— Pourquoi l'aurais-je dit ? Quand on est Diana, un modèle connu dans le monde entier, on perd l'habitude de le clamer sur les toits. En général, on me reconnaît...

A ces mots, Elizabeth éclata de rire.

— Je pense à la tête que fera Lyn en l'apprenant !

Puis, tout aussi imprévisible, une ombre passa sur son visage.

— Et Lincoln ?

— Justement, je me demande...

— Il risque d'en être malade !

— C'est pour cela que je compte sur toi. Je voudrais que tu sois là au moment où il me découvrira...

— N'aie aucune crainte, je serai là.

— Merci, Elizabeth.

Elle respira profondément.

— Et maintenant, à moi de jouer !

8

Lorsque Olivia et Elizabeth sortirent de la maison, la nuit tombait. Des nuages flottaient dans le ciel sombre, cachant par intermittence le pâle éclat de la lune. Des dizaines de lampes brillaient, accrochées dans les branches des arbres et sur les barrières. Le bal commença aux accents langoureux d'une valse.

Après la vente, beaucoup d'invités étaient repartis chez eux pour se mettre en tenue de soirée ; d'autres étaient arrivés en habit de bal, d'autres encore étaient en train de se changer dans les chambres d'amis que Lincoln avait mises à leur disposition. La foule se dirigeait lentement vers la piste de danse.

Olivia ne pouvait détacher ses yeux des superbes chevaux arabes, minces et nerveux, qui étaient exposés sur une estrade. Elle se sentait entraînée dans un monde de force et d'élégance par un beau magicien, celui qui avait su dresser ces farouches pur-sang.

— Quelle beauté ! confia-t-elle à Elizabeth

dans un souffle, émerveillée par cet univers de conte de fées. Regarde ce cheval ! Il est superbe !

— C'est Prince des montagnes, un des préférés de Lincoln.

— Je suppose qu'il ne tient pas à lui trouver un acquéreur...

— Non, il y est très attaché ; mais à la fin d'une vente, il est très fier de montrer les bêtes qu'il garde au ranch.

Le coursier d'un noir d'ébène caracolait avec grâce sur la plate-forme illuminée. Malgré la distance, Olivia cherchait à distinguer les traits de l'homme qui guidait ses mouvements. L'homme qu'elle aimait, Lincoln. Mais elle était trop éloignée pour le voir vraiment et apercevait seulement sa silhouette harmonieuse, sa démarche souple et puissante.

— Il est temps d'aller vers la piste de danse, dit Elizabeth. Tiens ! Voilà la belle des belles...

— De qui parles-tu ?

— De Lyn ! Regarde-moi cette coiffure ! Et cette robe voyante !

Lyn venait en effet de faire son apparition dans une toilette aux couleurs agressives.

— Je suis décidée à lui gâcher la soirée, dit la jeune fille.

— Laisse-moi faire à ma manière.

— Comment vas-tu t'y prendre ?

— Tu vas voir... Ne te jette pas sur elle, elle est plus fine que tu ne le penses. Reste avec moi et présente-moi à tous les gens que tu connais.

— Aux hommes ?

— Aux hommes et aux femmes. Voyons... Qui est ce monsieur à cheveux blancs très distingué qui se tient à côté d'une cavalière en robe mauve ?

— Des voisins. Ils ont un ranch, tout près d'ici... Lincoln les aime bien, mais moi, je ne leur trouve aucun intérêt ; ils sont très ennuyeux. Enfin si tu veux...

Avec un soupir elle se rapprocha du couple.

— Puis-je vous présenter ? Olivia North... George et Mary Huston. Olivia est...

— Je suis une amie de la famille, dit précipitamment Olivia.

Comment avait-elle pu oublier de prévenir Elizabeth ? Il ne fallait surtout pas la présenter comme la fiancée de Lincoln !

— Nous sommes ravis de vous connaître, dit George Huston en s'inclinant devant elle. Nous étions des amis de vos parents. Appelez-moi George, voulez-vous ?

— A condition que vous m'appeliez Olivia.

Elle se tourna vers Mme Huston.

— Quelle robe adorable, madame ! Je vous envie de pouvoir porter du mauve ! Malheureusement, c'est une couleur qui ne me va pas du tout !

— M'envier ? s'exclama Mary, visiblement flattée. C'est vous qui avez une toilette absolument ravissante.

— George et Mary élèvent des chevaux de trait, fit remarquer Elizabeth.

— Oh ! Vous devez vous ennuyer à une vente de pur-sang, dit Olivia.

— Pas du tout ! D'ailleurs, je possède un cheval que Lincoln m'a vendu il y a deux ans. Un superbe animal, d'un caractère un peu difficile au début... mais je suis arrivé à le dresser !

Il se lança alors dans un long monologue au sujet des mérites et des défauts qu'il reconnaissait aux diffférentes races de chevaux. La discussion, très animée, attira une foule d'autres invités. Toujours souriante, Olivia avait un mot aimable pour chacun, semblait trouver de l'intérêt à tous les propos, même aux plus insignifiants.

Au bout d'un moment, elle fit un signe à Elizabeth et s'éloigna en sa compagnie.

— Tu n'en as pas assez ? demanda l'adolescente d'un air excédé.

— Non, je te l'ai dit : j'aime rencontrer des visages nouveaux.

— Et Lyn ? L'as-tu oubliée ?

— Tout à l'heure. Elle ne perd rien pour attendre... Tiens, présente-moi à ce couple !

Avec un soupir résigné, Elizabeth s'approcha d'un homme d'une trentaine d'années, accompagné d'une femme un peu plus jeune. La conversation s'engagea tout de suite. D'autres invités se joignirent à leur groupe. On parla ski, tennis, tournois de base-ball. Olivia riait, parlait aux uns et aux autres, mettait à l'aise les plus timides, se conduisant en parfaite maîtresse de maison.

Au bout d'un moment, elle s'éclipsa discrètement, impatiente de retrouver Lincoln. Où se trouvait-il ? L'avait-il aperçue de loin ? A présent, elle estima avoir joué son rôle. Le cœur battant, elle ne voulait plus songer qu'à l'homme qu'elle aimait et, soudain, son cœur se mit à battre la chamade à l'idée que cette soirée serait, s'il le voulait, la plus belle de sa vie...

— Maintenant, occupons-nous de Lyn, déclara-t-elle fermement à Elizabeth.

— Très bien. Que dois-je faire ?

— Tu la vois, là-bas, en compagnie de deux garçons guère plus âgés que toi ? Va leur parler, si tu les connais...

— Pour sûr, que je les connais ! Jim est charmant, il a dix-neuf ans. C'est un champion de ski et il joue très bien au tennis.

— Arrange-toi pour accaparer son attention. N'aie pas peur de Lyn, ignore-la. Allez, Elizabeth, courage !

Olivia observa son amie au moment où elle s'approchait du groupe. Lyn, surprise, resta figée.

— Mais... balbutia-t-elle. Votre frère vous a permis de vous... fagoter comme ça ?

Elizabeth ne répondit pas et se tourna vers Jim qui la regardait avec un étonnement mêlé d'admiration.

— Elizabeth ! s'exclama-t-il d'un ton joyeux.

Lyn parut furieuse en s'apercevant qu'il n'avait d'yeux que pour la jeune fille.

— Où donc est votre amie ? lança-t-elle. Vous savez, celle qui est aussi désagréable que quelconque ?

— Juste derrière vous, répondit calmement Elizabeth.

— Bonsoir, chère amie, dit Olivia avec son plus beau sourire.

Lyn fit volte-face et, les yeux écarquillés, dévisagea Olivia. Elle ne put réprimer un cri de stupéfaction.

— Bonsoir, répondit-elle machinalement.

Le garçon qui se trouvait près d'elle s'inclina devant Olivia.

— Nous ne nous connaissons pas. D'où venez-vous ? Du ciel ? Je m'appelle Stan Hiffith... On ne vous avait pas encore vue dans les parages, mais vous avez un visage qu'on n'oublie pas.

— Mon nom est Olivia North, répondit-elle en riant. Je ne viens pas du ciel, mais tout simplement de Manhattan !

Lyn écoutait, trop ébahie encore pour se ressaisir.

— Et vous, monsieur, vous êtes aussi un ami de Lincoln ? demanda Olivia à un troisième garçon, un peu plus âgé que les autres, qui observait la scène à quelques pas.

— Je m'appelle Gary Danner, dit-il avec empressement... Mais vous avez peut-être soif... Puis-je vous emmener au buffet ?

— Pas tout de suite, suggéra Stan. Laisse-nous Olivia encore un instant.

— Une coupe de champagne me ferait très plaisir. Allons-y ensemble, proposa-t-elle à la ronde.

Elle fit quelques pas avec Stan, suivie d'Elizabeth et des deux garçons. En deux minutes, Lyn se retrouva seule.

Au moment où Olivia faussait compagnie à ses trois admirateurs, Roger fit une entrée remarquée en compagnie de deux modèles. Très élégant dans son smoking blanc, il ne tarda pas à inviter Olivia et, lorsqu'ils furent sur la piste de danse, le couple qu'ils formaient fut le point de mire de tous les invités. La mélodie était douce et nostalgique, Roger était un merveilleux danseur, mais Olivia avait l'esprit ailleurs. D'où lui venait cette étrange sensation que Lincoln l'observait ? Elle eut beau jeter des regards furtifs autour d'elle, elle ne parvint pas à le découvrir.

— Vous me paraissez inquiète, Olivia. Nerveuse, même. Comme si vous attendiez quelqu'un...

Au même instant, l'orchestre attaqua un nouveau morceau et Olivia en profita pour s'esquiver.

— Excusez-moi, Roger. Je reviens dans quelques instants...

Une nouvelle fois, Lyn avait réussi à attirer autour d'elle un groupe d'adolescents et, furieuse de la voir minauder, Olivia réussit à les écarter de l'intruse. Quant à Lincoln, il était toujours invisible et l'angoisse grandissait dans le cœur d'Olivia. Où pouvait-il être passé ?

Lorsqu'elle revint auprès de Roger Royce, elle vit qu'il l'observait avec une curiosité à laquelle se mêlait un peu d'inquiétude.

— Si je comprends bien, vous n'appréciez pas particulièrement cette blonde incendiaire ?

— Vous avez deviné !

— Chercherait-elle à séduire votre... ami d'enfance ?

Elle ne répondit pas tout de suite. De plus en plus, il lui semblait que Lincoln était là. Quelque part, dans l'ombre, il l'épiait. Quand allait-il se décider à se montrer ?

— Ce n'est pas tout à fait cela. En réalité, il s'agit d'un pari.

— Quel genre de pari ?

A ce moment-là, elle aperçut Lyn qui quittait le bal, le visage défait, l'air complètement découragé.

— Nous avons gagné ! dit-elle. A présent, je peux vous expliquer toute l'histoire...

Et elle lui raconta comment, avec un incroyable aplomb, Lyn avait prétendu qu'Elizabeth et elle étaient laides.

Roger éclata d'un rire franc et sonore.

— Vraiment ? J'avais déjà cru remarquer qu'elle n'était pas particulièrement intelligente... mais de là à supposer qu'elle était également aveugle !

— Il faut reconnaître, à sa décharge, que je suis très différente lorsque je ne suis ni maquillée, ni habillée en tenue de soirée...

Une voix glaciale l'interrompit.

— C'est le moins qu'on puisse dire.

Lincoln ! songea-t-elle en un éclair.

Elle se retourna lentement vers lui. Pâle, incroyablement tendu, il paraissait vibrer de colère contenue. Le cœur d'Olivia se mit à battre follement. Pourtant, malgré sa peur, elle ne pouvait s'empêcher d'admirer Lincoln. Son smoking, clair, très élégant, soulignait sa silhouette puissante et souple.

Roger les regarda tour à tour et obligea sa cavalière à le regarder quelques instants pour lui glisser à l'oreille :

— Soyez prudente, Diana... ou plutôt, Olivia.

Cet homme est fou de rage. Si vous avez besoin de moi, je serai à l'hôtel.

Incapable de répondre, elle se contenta d'acquiescer d'un signe de tête.

— Si elle vient me rejoindre, monsieur, ajouta-t-il à l'intention de Lincoln, sachez que vous êtes indigne d'elle et que vous ne la reverrez plus jamais !

Il posa un rapide baiser sur la joue d'Olivia et disparut dans la nuit. Effondrée, elle se laissa tomber sur une chaise. Lincoln lui saisit les poignets avec violence.

— Lâchez-moi ! Vous me faites mal !

Mais il ne desserra pas sa prise, au contraire !

— Moi qui étais pressé de vous retrouver, qui me dépêchais ! J'arrivais à peine en vue de la piste de danse que l'on m'arrêtait pour me vanter le charme d'Olivia North, l'amie d'Elizabeth ! Hommes et femmes confondus, d'ailleurs. Je n'avais qu'une envie : être à vos côtés. Mais je ne vous trouvais pas et, à la place d'Olivia, j'ai découvert quelqu'un d'autre, que je ne connaissais pas. Une femme appelée Diana.

— Lincoln ! Je vous en prie, écoutez-moi...

Ignorant son appel, il poursuivit impitoyablement :

— Vous vous appelez Diana, à présent ?

— Oui, balbutia-t-elle, au bord des larmes. Diana est mon second prénom et je n'en ai jamais fait mystère.

— Me prenez-vous pour un idiot ? Alors pourquoi ne pas me l'avoir dit avant ?

— Je l'utilise pour mon travail !

— Ah ! oui ! votre travail... Dire que j'ai été assez bête pour vous croire quand vous avez prétendu n'avoir aucune expérience de l'amour !

— C'était vrai, Lincoln !

— Comment ai-je pu être aussi naïf, moi qui sais mieux que quiconque ce qu'est un mannequin ! Fallait-il que je sois candide pour croire à vos mensonges ?

Voyant qu'elle s'apprêtait à protester, il l'interrompit d'un geste et lui lança :

— Pas un mot ! Rendez-vous à minuit, Diana !

Avant qu'elle ait pu protester, il s'était éloigné et avait disparu parmi la foule des danseurs.

Le bal battait son plein mais, pour Olivia, le reste de la soirée se passa comme dans un brouillard. Elle continua à sourire et à jouer son rôle tout en comptant les minutes qui la séparaient des douze coups fatidiques. Qu'avait décidé Lincoln ? Il paraissait si déterminé ! Sans doute avait-il en tête quelque projet... mais lequel ? Quoi qu'elle fît, d'ailleurs, elle ne cessait de le rencontrer à présent et son angoisse augmentait. Tel un félin prêt à bondir sur sa proie et certain de gagner, il paraissait l'épier et elle sentait son regard méprisant et cruel posé sur elle...

Brusquement, il s'approcha d'Olivia, qui tressaillit.

— Il est minuit, dit-il d'une voix rauque qu'elle ne lui connaissait pas.

— Eh bien ? demanda-t-elle d'un ton faussement désinvolte.

Son cœur battait à se rompre, presque douloureusement.

— Faites-moi votre plus beau sourire, Diana. Depuis le début de la soirée, tous les hommes ont eu droit à vos grâces, sauf moi !

— Vous confondez les mondanités avec un sentiment beaucoup plus profond, balbutia-t-elle.

Mais comment faire entendre raison à cet homme prêt à laisser exploser sa colère ?

— Maintenant, à mon tour !

Brutalement, il l'entraîna sur la piste de danse et elle se retrouva dans ses bras, en train d'ajuster ses pas au rythme langoureux d'une valse nostalgique.

Des années durant, elle avait rêvé de cet instant, magique entre tous, où Lincoln la prendrait dans ses bras pour une première danse. Hélas ! la réalité était si loin de ses songes merveilleux !

Elle se sentit presque étouffer tant il la tenait serrée contre lui. Cette force qu'elle avait tellement admirée en lui l'effrayait maintenant. Elle trébucha, eut du mal à retrouver son équilibre, trébucha encore.

— Lincoln ! Je vous en prie, vous me faites mal...

Insensible à sa plainte, il l'entraînait malgré elle dans une danse sauvage, terrifiante. Trop oppressée pour protester, elle leva vers lui ses yeux brillant de larmes, au bord de l'évanouissement. Il resta inflexible.

— Pas un mot, pas un mensonge de plus, Diana, ou je...

Il n'acheva pas sa phrase, et comme pour marquer son autorité, il posa une main dans la cambrure de ses reins et la pressa contre lui.

— Non, Lincoln ! Je vous en supplie ! murmura-t-elle, haletante.

Il ne répondit pas.

Pourquoi cette cruauté ? Pourquoi, alors que Lincoln ne pouvait cacher le désir qu'il avait d'elle, affichait-il un tel mépris ? Bouleversée, elle ne pouvait s'empêcher de vibrer au rythme de la mélodie, sous la pression de ses doigts...

— Lincoln...

— Vous avez dansé avec les autres. Alors pourquoi pas avec moi ?

— Ils ne se comportaient pas comme vous !

— Taisez-vous.

— Non ! Vous allez m'écouter ! J'ai simplement estimé qu'il était de mon devoir de m'occuper de vos invités, voilà tout !

100

— Vous occuper d'eux... ou essayer de les séduire ? Grâce à votre métier, vous devez avoir acquis une certaine expérience dans ce domaine ! s'exclama-t-il en haussant le ton, attirant sur eux les regards étonnés des danseurs.

— Ne criez pas... Ne nous donnons pas en spectacle ! Pourquoi me traitez-vous ainsi, Lincoln ? Je ne le mérite pas.

— Vous avez raison... Il est des batailles moins rudes et tout aussi efficaces.

A ces mots, elle tressaillit. De peur, de plaisir ? Elle n'aurait su le dire... Déjà, il poursuivait d'une voix langoureuse :

— De votre robe, de votre chevelure, de votre peau, laquelle est la plus soyeuse ? murmura-t-il en accompagnant ses paroles de caresses savantes, à peine effleurées. Et ces bras noués dans mon cou comme une liane, ce corps pressé contre le mien, cette attente que je sens frémir en vous...

Incroyablement audacieux, il laissa courir ses mains sur son buste innocemment offert, profitant de l'écran de sa chevelure brune dénouée. Peu à peu, son emprise se desserra et Olivia Diana s'aperçut dans un frémissement de tout son être qu'elle semblait comme aimantée au corps de Lincoln... Tout en elle proclamait le désir que l'homme qu'elle aimait lui inspirait avec de plus en plus de violence. Comment se dérober au sortilège dont elle était captive, comment échapper au magnétisme qu'il exerçait sur elle... irrésistiblement ? Elle ne le pouvait pas, ne le voulait plus. Levant timidement les yeux vers lui, elle vit scintiller dans son regard une flamme troublante, chaude, farouche, intense. Un sourire éblouissant, dangereusement fascinant, se dessina sur ses lèvres, contrastant avec la sombre beauté de son visage.

Elle était à sa merci et il ne le savait que trop bien.

— Lincoln...

— Personne ne voit, murmura-t-il au creux de son oreille, répondant à la question muette qu'elle n'osait lui poser.

Autour d'eux des couples continuaient à danser sans rien remarquer de ces échanges presque silencieux, de ces effleurements qui les embrasaient tous deux. Oui, songea Olivia, nous sommes seuls au monde...

Peu à peu, d'ailleurs, les invités partaient et elle eut l'impression que l'orchestre ne jouait plus que pour eux. C'était magique, merveilleux, aussi beau qu'un conte de fées.

Encourageant sa voluptueuse rêverie, la voix de Lincoln se fit caresse et la plongea dans une langueur délicieuse.

— Ce n'est qu'un prélude, Olivia...

Elle retint son souffle et, instinctivement, se cambra, s'offrit, rayonnante. Lincoln tiendrait sa promesse et c'était comme un soleil flamboyant dans la nuit du désert... Soudain, elle perçut un changement dans son attitude et frissonna craintivement. Que voulait-il ? Pourquoi, sur ses traits, ce masque méprisant ? Avec brusquerie, il la relâcha et la repoussa.

— La fête est finie, Diana.

Ebahie, brutalement arrachée à son rêve, elle regarda autour d'elle. La piste de danse était déserte...

— Et vos invités ?

— Partis, vous le voyez bien.

— Elizabeth n'est pas là ?

— Elle a quitté le bal il y a une heure et elle est allée dormir chez son amie, à Palm Springs. Elle ne rentrera que demain matin. La maison est vide... Nous sommes seuls maintenant.

Elle frissonna.

La nuit était noire, de gros nuages cachaient la lune. Au loin, le tonnerre grondait. Lorsqu'elle s'arrêta pour relever légèrement sa robe, Lincoln la souleva de terre avec impatience et la porta jusqu'au ranch.

— Lincoln, je voudrais...

— Suffit. Plus de mensonges ni de minauderies ; finie la comédie !

A la lueur des lampes dispersées dans le jardin, elle distingua son visage. Un visage qu'elle ne reconnut pas — celui d'un étranger, qui lui faisait peur. Elle ne pouvait y lire ni tendresse ni amour.

— Ne me regardez pas ainsi ! Que vous ai-je fait ?

— Ce petit jeu est terminé, Diana. Sachez qu'on ne me provoque pas impunément !

9

Lincoln ferma la porte de la chambre et poussa le verrou d'un geste sec. Puis il se tourna vers sa captive.

— Eh bien, Diana, qu'attendez-vous ? demanda-t-il avec insolence.

— Que voulez-vous ? balbutia-t-elle, au bord des larmes.

Il eut un sourire éblouissant et cruel.

— Vous le savez aussi bien que moi.

A ces mots, elle ne put s'empêcher de trembler. Pourquoi la traitait-il aussi injustement ? Que signifiait le changement brutal qui s'était opéré en lui ? Comme il était loin, le Lincoln de ses rêves, le cavalier sombre et farouche qu'adolescente elle admirait, l'homme ardent et passionné qu'elle avait retrouvé dans le désert... A présent, inexplicablement, elle avait peur de lui, de cet inconnu qu'il était soudain devenu...

Elle se laissa tomber sur un fauteuil.

— A présent, vous êtes à moi, Diana.

Il se déshabilla rapidement tandis que, comme

hypnotisée, Olivia ne pouvait détacher son regard de ce corps superbe qui se dévoilait devant elle pour la première fois... Dans la pénombre, elle voyait bouger sa silhouette souple, silencieuse... presque menaçante.

Puis, sans qu'elle esquissât le moindre geste de résistance, il tira sur la fermeture Eclair de sa robe qui glissa sur sa peau dans un bruissement soyeux... Ces gestes, combien de fois les avait-elle imaginés, désirés, appelés ? Pourtant, instinctivement, elle n'y répondit pas.

— Quel naïf j'ai été de croire vos mensonges !

— Ce n'étaient pas des mensonges. Je n'ai aucune expérience de l'amour. Vous devez me croire, Lincoln, murmura-t-elle en le regardant intensément.

— Vraiment ?

Impatiemment, il libéra ses seins palpitants de leur prison de dentelle et acheva de la dévêtir, puis il la souleva de terre et la porta jusqu'au lit.

Pourquoi exigeait-il par la force ce qu'elle avait toujours rêvé de lui offrir dans un élan d'amour ?

— Lincoln, je vous en supplie...

Il coupa court à ses protestations en prenant possession de sa bouche avec une violence qui la fit frémir. Prisonnière de son implacable étreinte, elle ne pouvait se dérober. Lorsque, enfin, il délaissa ses lèvres, elle balbutia timidement :

— Que... que dois-je faire ?

La rage de Lincoln l'effraya. Se pouvait-il qu'il la crût vraiment coupable d'un délit qu'elle n'avait pas commis ? Non, c'était trop injuste !

— Je ne me sens pas... prête, Lincoln. Pardonnez-moi...

— Les séductrices ne le sont jamais. C'est toujours trop tôt. Moi, je le suis. J'ai attendu trop longtemps, beaucoup trop ! Puisque vous ne voulez qu'une aventure sans lendemain...

— Non ! protesta-t-elle d'une voix faible. C'est

de vous et par vous que je veux connaître le plaisir pour la première fois et toutes les autres fois...

Mais il ne l'écoutait plus. Ses caresses devinrent plus précises, plus brutales. Le corps de Lincoln était sur le sien. Pourquoi cette violence, puisqu'elle était prête à tout lui donner... Lorsqu'il joignit ses hanches aux siennes, elle ne put réprimer un gémissement et crut s'évanouir. Puis, comme à travers un étrange brouillard qui assourdissait sa voix, elle l'entendit murmurer :

— Mon Dieu ! Olivia...

Impulsivement, elle eut un geste de recul et s'écarta de lui.

— Olivia. Pardonnez-moi... Si je vous avais crue...

Sa voix se brisa tout d'un coup. Il tenta de l'attirer à nouveau vers lui.

— Non ! protesta-t-elle dans un souffle.

— Olivia ! Ma chérie ! Pardon...

Elle osa enfin le regarder. Jamais visage n'avait exprimé un tel désespoir. Soudain, elle se mit à trembler et un froid insoutenable l'envahit. Aussitôt, Lincoln lui ouvrit ses bras, mais elle le repoussa.

— Si vous... voulez bien me laisser, je voudrais prendre un bain, Lincoln.

Rien ne pouvait faire plus de peine à Lincoln que cette voix sans timbre. Il aurait sûrement préféré des reproches ou des sarcasmes ou même un silence méprisant.

Il essaya de la retenir en lui prenant la main.

— Me pardonnerez-vous un jour ?

Elle ne répondit pas et, se levant d'un bond, elle courut vers la porte... Mais, plus rapide qu'elle, Lincoln l'avait rattrapée. La saisissant par les épaules, il lui fit faire volte-face et l'attira à lui.

Une fois encore, elle était sa prisonnière...

106

— Non, laissez-moi ! dit-elle, haletante.

— Comment pourrais-je jamais me faire pardonner ? Pourquoi ne vous ai-je pas crue ?

— Oui, pourquoi ? murmura-t-elle en écho.

— Vous êtes si belle...

Il prit le visage d'Olivia entre ses mains et la regarda avec adoration.

— J'aurais dû vous dire que je m'appelais aussi Diana et que j'étais connue sous ce nom. C'est aussi ma faute, Lincoln.

— Pour quelle raison ne m'en avez-vous pas parlé ?

— J'ai eu peur de votre réaction. Je ne voulais pas vous perdre, vous décevoir ; je comptais vous le révéler plus tard... Mais vous, Lincoln, vous auriez dû me croire quand je vous avouais n'avoir jamais eu d'expériences...

— Nous sommes coupables l'un et l'autre...

— Oh ! Lincoln ! C'est trop horrible ! s'exclama-t-elle, au bord des larmes.

— Pourtant, il n'est peut-être pas trop tard... pour nous aimer vraiment... Le croyez-vous aussi, Olivia ? Le voulez-vous ?

Elle osa enfin le regarder et plongea son regard dans le sien. Son désespoir était sincère, beaucoup trop sincère pour qu'elle pût y rester insensible...

— Répondez-moi, Olivia, dit-il avec douceur.

— Je... je ne sais pas.

Une soudaine lassitude l'envahit, puis elle se ressaisit.

— Je m'appelle aussi Diana, ajouta-t-elle fermement. Je suis aussi la femme qui incarne Magie de femme et je veux que vous le sachiez. A présent, je voudrais partir.

— Non. Vous ne reviendriez pas.

— Il le faudra bien, pourtant, répondit-elle, résignée.

— C'est impossible. D'abord, parce que je veux

regagner votre confiance. Ensuite, parce que je ne supporterais pas d'être séparé de vous.

— Tout est de ma faute, dit-elle en fondant en larmes. Je sais que... que le plaisir m'est interdit. Que je suis... insensible.

Il la contempla avec stupeur.

— Olivia ! Que dites-vous ? demanda-t-il, incrédule.

Elle vit que son étonnement n'était pas feint et que, en d'autres circonstances, cet aveu l'aurait fait éclater de rire.

— Insensible, vous ? Vous, la sensualité faite femme, vous qui en incarnez la magie, le mystère, la séduction ? Non, Olivia, vos frissons à fleur de peau, la réponse de votre corps à mes caresses, me prouvent que la volupté ne vous est pas interdite...

Il l'attira contre lui.

— Pas tout de suite, Lincoln. Plus tard...

— Ne craignez rien, Olivia... Je serai avec vous, en harmonie...

Elle laissa un instant sa tête appuyée sur l'épaule de Lincoln. Son corps se détendait doucement. Il lui semblait qu'elle émergeait d'un mauvais rêve...

— Dites-moi qu'un jour, vous oublierez...

Sans répondre, elle se dégagea brusquement de son étreinte et pénétra dans la salle de bains. Dans le miroir qu'entouraient des fougères et des plantes exotiques, elle contempla son visage un peu pâle, ses traits tirés, ses yeux brillant d'un étrange éclat, le désordre soyeux de sa chevelure sombre. Sans complaisance, elle détailla sa fine silhouette, ses seins menus, la courbe féminine des hanches. Puis elle aperçut Lincoln qui la regardait.

— Comme vous êtes belle, dit-il d'une voix sourde.

Jamais il n'y avait eu autant d'amour dans le

regard d'un homme posé sur elle. Jamais il ne l'avait désirée aussi ardemment. Comment lui faire comprendre qu'elle ne lui en voulait pas, qu'elle l'aimait passionnément, mais que cette soirée avait eu raison de ses forces ?

Sur une étagère, elle saisit une brosse et commença à se recoiffer machinalement.

— Laissez-moi faire, Olivia.

Il se mit à la peigner avec douceur et application. Elle se laissa faire. Dans le miroir elle observait le visage de Lincoln, qui exprimait maintenant une infinie tendresse.

— Ne pensez plus à rien, laissez-vous aller.

De son ample chevelure noire, il fit un chignon que, très habilement, il fixa sur la nuque.

— Voilà ; à présent, un bain chaud vous fera du bien.

Il ouvrit les robinets de l'immense baignoire qui fut très vite pleine. Une vapeur presque bouillante envahit la pièce. Dissimulées derrière les plantes vertes, des lampes éclairaient l'eau que quelques cristaux bleus et parfumés transformèrent en mousse turquoise, comme l'océan.

— Venez, Olivia, ne glissez pas. Vous voyez, c'est commode, on peut s'asseoir sur le bord, comme dans une piscine.

Elle le suivit docilement, après un instant d'hésitation.

— Que se passe-t-il ? L'eau est trop froide ? Ou pas assez ?

Elle ne pouvait s'empêcher de trembler.

— Non, c'est nerveux, ne vous inquiétez pas.

L'eau était très chaude, presque trop même, mais, à son contact, elle sentit ses muscles se détendre lentement. Son cœur battit moins vite et une impression de bien-être total s'empara d'elle.

Lincoln s'était un peu éloigné et il avait les yeux fermés. Sur son visage, plus rien ne subsistait de l'expression sauvage et cruelle qu'il avait eue lorsque... Non ! s'ordonna-t-elle. Il ne fallait plus y penser. Il était à nouveau celui qu'elle aimait depuis des années et qu'elle avait attendu si longtemps...

Appuyé sur le rebord de la baignoire, il semblait dormir paisiblement. Olivia admira sa musculature d'athlète, sa ténébreuse beauté... Pourraient-ils se retrouver et ne plus jamais se quitter ?

Son esprit flottait à la dérive, des images passaient devant ses yeux ; Lincoln sur un cheval, ses parents, Roger, Sandra, Lincoln encore...

Elle essayait de ne plus songer à rien, de faire le vide... Il aurait été agréable de s'assoupir ainsi...

Combien de temps resta-t-elle ainsi, immobile, les yeux fermés ? Quelques minutes, un quart d'heure, davantage peut-être. Elle crut se réveiller d'un long sommeil lorsqu'elle découvrit Lincoln penché sur elle. Il la regardait avec inquiétude.

— Olivia, ma chérie, vous m'avez fait peur ! J'ai cru que vous étiez évanouie. Il ne faut pas rester trop longtemps dans un bain. C'est dangereux. Comment vous sentez-vous ?

— Mieux, dit-elle faiblement.

Il sortit le premier de la baignoire, saisit deux draps de bain et, après en avoir noué un autour de sa taille, il enveloppa doucement Olivia dans l'autre.

— Après une bonne friction, vous vous sentirez tout à fait remise !

Saisie par la fraîcheur de l'air en sortant de la baignoire, elle tremblait légèrement, malgré l'immense serviette-éponge.

— Où avez-vous mis le flacon d'huile de bain ? Je ne le retrouve pas.

Mais, incapable d'échapper à la fascination qu'il exerçait sur elle, elle ne l'entendait pas...

Ainsi, Lincoln redonnait vie et corps à son rêve qu'elle avait cru brisé... avec une merveilleuse, une surprenante intensité.

— Ah ! le voilà, dit-il triomphalement. Venez, Olivia.

Il saisit le flacon et sortit de la salle de bains. Après avoir hésité un bref instant, Olivia le rejoignit dans la chambre.

— Et vous, Lincoln ? Vous ne voulez pas une friction ?

— Bien sûr que si. Je suis prêt, dit-il malicieusement.

Allongé sur le lit, il lui tendit la bouteille.

Olivia versa un peu d'huile dans ses paumes et commença à masser doucement le corps de Lincoln. Elle frictionna ses épaules, son torse, fit glisser le drap de bain noué en paréo autour de ses reins. La lotion parfumée rendait plus agréable encore le contact de sa peau ferme et douce... Peu à peu, elle sentit s'évanouir ses bonnes résolutions. Elle s'était promis de ne pas accepter, cette nuit du moins, les caresses de Lincoln... mais comment résister à l'attrait qu'il exerçait sur elle ? Insensiblement, et sans qu'elle y prît garde, son massage devenait caresse... Elle était bouleversée de sentir, si près d'elle, l'homme qu'elle avait cru perdre une heure à peine auparavant...

Brusquement, il se redressa et, sans dire un mot, il l'invita à s'allonger à son tour sur le lit. Sous ses doigts, Olivia se détendit, n'osant rompre le silence... A quoi songeait Lincoln, à présent ?

Imperceptiblement, à l'apaisement provoqué par les gestes doux et réguliers de Lincoln succédèrent des sensations de plaisir auxquelles elle s'abandonna avec délices.

A nouveau, elle était la proie du désir que lui inspirait ce corps plein de force et de grâce, presque nu... A chaque mouvement, ses muscles jouaient sous sa peau d'ambre, souples, précis, troublants. Chaque geste rapprochait un peu plus Olivia de rivages inconnus qu'elle devinait éblouissants...

— Comment vous sentez-vous ?

— Beaucoup mieux, murmura-t-elle.

Naturellement, il vint tout près d'elle et l'enlaça. Ce fut comme un signal... De simple effleurement, leurs caresses se firent fiévreuses, audacieuses. Olivia attendait, frémissante, le moment où un tourbillon de plaisir l'emporterait au rythme merveilleux de la passion partagée.

Innocente séductrice, elle attisait le désir de Lincoln, trouvant instinctivement les gestes voluptueux de l'amour.

— Lincoln... Lincoln...

Elle prononça son nom comme une incantation et il murmura doucement :

— Ne craignez rien, Olivia...

— Je n'ai plus peur de vous...

De ses bras, elle fit un collier autour de sa nuque, implorant un baiser qu'il lui donna sans retenue. Effrayée et grisée par le vertige qui s'emparait d'elle, elle chuchota :

— Je crains de... d'être maladroite. Je voudrais tellement vous rendre heureux, vous satisfaire !

— Adorable Olivia ! Laissez-moi vous aimer, simplement. Ne pensez pas, ne vous retenez pas. Soyez vous-même. Et mon plaisir me viendra du vôtre...

Délicatement, il effleura ses paupières du bout des lèvres. Rassurée, elle s'offrit à son étreinte en toute liberté et, devenue par instinct femme épanouie, elle eut toutes les audaces en découvrant ce corps viril... Dans la pénombre de la chambre, leurs yeux brillaient d'une même flamme, traversés par les mêmes orages.

— Olivia, murmura soudain Lincoln.

— Oui...

Elle se redressa légèrement, inquiète, consciente de la merveilleuse beauté, mais aussi de la bouleversante fragilité de leur bonheur encore inassouvi.

— Me désirez-vous à présent, Olivia ? Voulez-vous de moi ?

A ces mots, elle plongea son regard dans le sien et il y déchiffra la certitude qu'il cherchait.

— Ne vous l'ai-je pas prouvé en étant là, près de vous ? chuchota-t-elle. Oui, Lincoln. Je vous désire, de tout mon être.

Elle était envahie par une douce faiblesse et tendue par l'attente de ce qui allait arriver... Alors, Lincoln la rejoignit, épousa la douceur offerte de ses hanches, vibra à l'unisson de son corps. Elle répéta son prénom comme une litanie d'amour et se laissa porter par son vertige, émerveillée. Attentif, délicat, passionné, Lincoln repoussait toujours plus loin les limites du plaisir conjugué, la faisant vibrer tout entière. Et, lorsque vint l'extase, il la contempla avec adoration avant de sombrer avec elle dans cette douce et extraordinaire folie...

10

Le soleil était déjà haut dans le ciel lorsque Olivia se réveilla, blottie dans les bras de Lincoln. Une lumière rosée filtrait à travers les doubles rideaux, éclairant le désordre des draps, baignant la chambre d'une douce lueur. Amoureusement, Olivia contempla Lincoln qui dormait encore et savoura le plaisir inconnu de sortir du sommeil auprès de lui. Une délicieuse langueur s'empara d'elle lorsque, peu à peu, les souvenirs de la nuit défilèrent dans son esprit. Comme un orage d'été, la passion les avait embrasés, réunis, séparés, réunis à nouveau avec plus d'intensité encore...

Ainsi, son rêve avait été comblé et, par lui, elle était devenue une femme heureuse, épanouie, radieuse.

Elle ne put s'empêcher de le caresser avec douceur. Non, ce n'était pas un songe... Il était là, détendu, paisible, à ses côtés.

— Bonjour, Lincoln, murmura-t-elle en souriant.

— Olivia... que vous êtes belle, ce matin. Plus ravissante que jamais.

Il effleura ses cheveux, mais elle vit une ombre passer sur son visage.

— Presque trop belle, ajouta-t-il, songeur.

Elle tenta de plaisanter :

— Une femme n'est jamais assez belle pour celui qu'elle aime...

Mais elle avait compris qu'il songeait au passé, à son enfance malheureuse, et elle sentit un pincement au cœur. La magie d'une nuit n'avait pas suffi à tout effacer — les craintes, les rancœurs, l'amertume. Il lui fallait lutter encore, lutter de toutes ses forces !

Elle prit le visage de Lincoln entre ses mains et le regarda intensément.

— Je vous aime, Lincoln, lui avoua-t-elle gravement. Vous devez avoir confiance en moi. Je vous le demande, au nom de cette nuit...

Pour toute réponse, il l'enlaça et l'embrassa passionnément. Elle se sentit à nouveau envahie par une douce faiblesse... et ses caresses l'emportèrent vers un monde d'extase voluptueux...

La sonnerie du téléphone les arracha à leur émerveillement et à leur plénitude.

— Qui peut appeler à cette heure ? maugréa Lincoln.

Avec un soupir, Olivia décrocha le récepteur.

— Diana ? Désolé de vous déranger !

C'était la voix de Roger. Elle paraissait très lointaine. Devinant l'identité de l'importun, Lincoln fit une moue boudeuse.

— Bonjour ! Je vous entends mal. D'où m'appelez-vous ?

— De Palm Springs. Nous sommes toujours à l'hôtel et nous vous attendons.

— Vous m'attendez ? demanda-t-elle, incrédule.

115

— Oui, Diana ; je suis très ennuyé d'avoir à vous l'annoncer mais...

— Mais quoi ?

— Nous partons dans une heure... avec vous, bien entendu.

— Pour aller où ? s'enquit-elle, le cœur battant.

— A San Lucas, évidemment !

San Lucas ! Toute à l'euphorie de cette nuit qui avait bouleversé sa vie, elle avait oublié son métier et ses dures réalités ! Pourtant, elle était aussi Diana et n'avait pas le droit de se dérober.

— C'est inhumain, Roger ! protesta-t-elle. Le délai est trop court !

Sa voix se brisa. Reprends-toi, Diana ! se dit-elle avec fermeté. Tu n'as pas le droit de faiblir !

— Malheureusement, je ne peux faire autrement.

Il fallait tenter de gagner du temps, essayer de le convaincre...

— Ce n'était pas prévu si tôt !

— Je sais bien, mais ce n'est pas ma faute, je vous assure !

— Vous auriez pu me prévenir avant, dit-elle, sans conviction cette fois.

— Il aurait fallu que je le sache moi-même ! Nous avons appris qu'un cyclone, Giselle, s'approche des côtes, ce qui nous laisse environ cinq jours de répit pour le tournage avant qu'il ne s'abatte sur la région de San Lucas. Vous voyez, Diana, ma bonne volonté n'est pas en cause. Je vous donne rendez-vous à l'aéroport dans une heure.

— Et si je vous rejoignais demain ? Il vous faudra bien une journée pour tout préparer et...

— Non, c'est impossible. Notre planning est trop serré pour se permettre ce délai.

Le ton de Roger était déterminé et elle savait

que, lorsque son patron avait pris une décision, elle était sans appel.

— Qu'il choisisse un autre modèle, déclara Lincoln d'un air sombre.

Depuis quelques instants, il observait Olivia sans pouvoir cacher son exaspération.

— Je serai dans une heure à l'aéroport, acquiesça-t-elle d'une voix sans timbre.

Avant que Roger ait eu le temps de répondre, elle raccrocha. A ces mots, Lincoln se leva d'un bond, furieux, tremblant de colère contenue.

— Pourquoi avez-vous accepté ? Vous n'êtes pas à l'armée, que je sache, et vous ne lui devez pas obéissance !

— Je ne peux faire autrement, lui opposa-t-elle simplement.

— Pourquoi ?

— Parce qu'il s'agit de mon travail !

— Démissionnez !

— Je suis sous contrat !

— Rompez-le !

— A aucun prix, Lincoln.

Il la regarda dans les yeux, l'obligeant à faire de même.

— Pourquoi ? Plaire à un seul homme ne vous suffit donc pas ? Vous faut-il des centaines d'admirateurs pour être heureuse ?

— Cela n'a rien à voir avec le bonheur, ni même avec le désir de séduire ! protesta-t-elle avec véhémence.

— Ah ! vraiment ? demanda-t-il, incrédule.

A nouveau, elle lut de la tristesse et de l'amertume sur son visage tendu.

— C'est le métier que j'ai choisi pour gagner ma vie, tout simplement.

Il haussa les épaules.

— J'ai connu deux mannequins...

Elle l'interrompit vivement :

— Vous êtes de mauvaise foi et vous le savez.

Je conviens avec vous qu'elles s'intéressaient à tout autre chose qu'à la mode, mais...

— La mode ! répéta-t-il, sarcastique.

— Exactement. Et ce n'est pas une partie de plaisir, croyez-moi ! Se lever très tôt, poser pendans des heures, sourire sur commande, suivre un régime draconien, faire de la danse et de la gymnastique au lieu de se reposer, voilà ce qu'est le vrai métier de mannequin ! Rien à voir avec la vie de débauche que vous imaginez !

— Alors pourquoi l'avez-vous choisi ?

— On a choisi pour moi ; c'est Sandra qui m'y a poussée. J'étais jeune alors, traumatisée par la mort de mes parents. Et cela me paraissait fabuleux. Peu à peu, j'ai appris à aimer mon travail et j'ai compris que la mode était une industrie très importante. Des dizaines de milliers de gens en vivent !

— Ah ! vraiment ! dit-il en ricanant. Vendre des robes hors de prix à quelques milliardaires oisives... Le beau travail !

— Il n'y a pas que la haute couture, corrigea-t-elle. Vous oubliez le prêt-à-porter.

— Peu importe ! Ce que j'en retiens, c'est que votre cher métier passe avant tout le reste !

— Non ! pas du tout. Pourquoi ne pourrait-on pas concilier l'amour et le travail ?

— Je me demande bien comment...

— En m'accompagnant à San Lucas par exemple. Nous serions ensemble et vous pourriez juger par vous-même.

— C'est impossible.

— Pourquoi ?

— J'ai du travail ici. Un vrai travail.

— Ah ? Elever des chevaux hors de prix qui seront achetés par quelques privilégiés est un métier plus sérieux que le mien ?

— L'élevage des pur-sang n'est pas un métier pour moi ; c'est ma vie, ma passion.

— Alors vous devriez me comprendre !

— Allez-vous prétendre que votre métier de mannequin est toute votre vie ? Permettez-moi d'en douter !

— Il fait partie de ma vie.

— Est-il plus important que nos sentiments ?

Il parut attendre anxieusement sa réponse.

— Pourquoi m'obligez-vous à choisir entre les deux ?

Il la regarda tristement.

— Très bien. Puisque c'est ainsi, je vais vous conduire à l'aéroport.

Sur ces mots, il quitta la chambre. D'un bond, elle fut debout et le rattrapa dans le corridor.

— C'est injuste ! Injuste et cruel ! protesta-t-elle.

— Ecoutez-moi, Olivia : nous devons nous séparer...

Il passa doucement sa main dans ses cheveux et la regarda d'un air douloureux.

— Mais enfin... nous nous aimons... je vous aime !

— J'en doute.

— C'est stupide, murmura-t-elle, découragée.

— Oui, de faire passer votre travail avant moi !

— Pas du tout ; je veux simplement continuer à être modèle.

— Vous ne changerez pas, Olivia. Si nous vivions ensemble, nous nous ferions beaucoup de mal.

— Je ne le crois pas.

— Si... et je ne veux pas vous en faire !

Elle retint difficilement ses larmes.

— Je ne comprends pas, Lincoln, murmura-t-elle, envahie par une soudaine lassitude. Ne renoncerez-vous donc jamais à ces préjugés ridicules ?

— Croyez-vous que ce soit le moment de discuter ? Je suppose que vous ne tenez pas à rater l'avion. Soyez prête d'ici une demi-heure. Le métier avant tout !

Vêtue d'une merveilleuse robe vert tilleul, Olivia souriait à la caméra malgré la fatigue qui engourdissait ses muscles. Un vent chaud et lourd soufflait de la mer, distante de quelques mètres. En toile de fond, les montagnes sauvages et grandioses de San Lucas se dressaient dans la lumière éclatante de l'après-midi, découpant sur le ciel leurs arêtes déchiquetées.

— Il faut recoiffer Diana ! s'écria le metteur en scène.

Profitant de cet instant de répit, elle essaya de détendre ses muscles, endoloris par une longue pose. Puis, patiemment, elle attendit que le coiffeur ait brossé sa longue chevelure ébouriffée par le vent.

La séquence qui allait être tournée l'inquiétait beaucoup. Marcher sur la plage, pénétrer dans les flots jusqu'aux chevilles, passe encore. Mais l'idée d'être embrassée par un autre homme que Lincoln lui était insupportable, d'autant plus que Roger Royce allait tenir ce rôle en personne ! Il prétendait n'avoir pas trouvé de partenaire à la hauteur d'Olivia. Les figurants qui s'étaient présentés lui avaient paru trop médiocres. Mais avait-il vraiment cherché ? Elle en doutait...

— Attention, Diana ! dit le metteur en scène. Je veux l'expression la plus sensuelle, la plus rayonnante, sur ton visage ! C'est l'homme de ta vie qui va sortir de l'eau à ta rencontre. Souviens-toi du slogan qui commentera ces images : « Magie de femme. Plus qu'une parure, la promesse d'un rêve devenu réalité. »

— Oui ! répondit-elle avec impatience. Cela fait cinq jours que j'apprends tous mes rôles !

— Bon... Rappelle-toi aussi qu'avant de découvrir cet homme, tu dois paraître inquiète, comme si tu avais les nerfs à fleur de peau.

— Très bien.

— Moteur !

Spontanément, Diana se mit à marcher sur la plage avec grâce, souplesse et naturel. Sans même qu'on eût besoin de le lui rappeler, elle composa sur son visage une expression de nervosité frémissante, bouleversante de sincérité. D'ailleurs, elle ne jouait plus un rôle... Car la seule pensée de Lincoln dictait à présent toute son attitude.

Cinq jours s'étaient écoulés depuis leur séparation. À l'aéroport, il s'était contenté d'effleurer ses lèvres en lui souhaitant un bon voyage. Depuis, il n'avait donné aucune nouvelle. A deux reprises, elle avait téléphoné au ranch, sans avoir la chance de l'entendre au bout du fil. La domestique avait répondu qu'il n'était pas là. Mais cela n'expliquait pas ce silence, de jour en jour plus insupportable...

— Coupez ! cria le metteur en scène. Il me faut un raccord de maquillage. Oui ! De l'anticerne sous les yeux et un soupçon de rose en plus sur les pommettes !

Envahie par une lassitude immense, elle laissa la maquilleuse faire son travail. Roger s'approcha d'elle et l'examina d'un air critique.

— Vous devriez essayer de dormir un peu plus la nuit, lui conseilla-t-il d'un air de reproche.

— Je dors très bien ! répondit-elle, agacée.

— Ah oui ? Pourtant, je vous ai entendue faire les cent pas sur le balcon juste au-dessus de ma chambre !

— Excusez-moi d'avoir troublé votre sommeil, répondit-elle platement.

— Vous ne m'avez pas dérangé. Je suis simplement inquiet, c'est tout. Je voudrais que vous soyez heureuse.

— C'est très gentil de votre part, mais je vais bien.

— Hum ! Je n'en suis pas si sûr... C'est encore à cause de ce... cow-boy, n'est-ce pas ?

— Pas du tout. Qu'allez-vous imaginer, Roger ? demanda-t-elle en affichant son sourire le plus professionnel.

— Alors comment expliquez-vous vos traits tirés, votre fatigue ?

— Par le climat qui règne ici. Une véritable étuve — chaude, humide, étouffante...

— Exactement comme à Palm Springs, lui fit-il remarquer avec raison.

Mais elle ne l'entendait plus, captivée par l'apparition, au loin, d'une silhouette souple qui se découpait magiquement sur le flamboiement incandescent du soleil, et dont la démarche nonchalante lui rappela irrésistiblement celle de Lincoln. Son cœur se mit à battre follement.

— Diana ! Que vous arrive-t-il ? Vous tremblez ? demanda Roger en suivant son regard.

— Ce n'est rien. Je suis un peu fatiguée.

Elle tourna la tête ; l'homme avait disparu. Un mirage, rien de plus... Et c'est à Lincoln qu'elle penserait une fois encore en jouant la comédie...

— Il faut arrêter, dit Roger au metteur en scène. Diana est épuisée.

— Pas question ! La lumière est irréelle — belle et précieuse comme de l'or en fusion. Nous continuons ! déclara-t-elle fermement.

Elle voulait poursuivre son rêve, croire à ses chimères. Concentrée, elle songea à la plénitude qu'elle avait connue dans les bras de Lincoln, à la sensualité ardente qu'il avait éveillée en elle et qui faisait courir sur sa peau de longs, de délicieux frissons...

— Moteur !

Machinalement elle se mit à marcher sur la plage.

Venu de la mer, Roger s'avançait vers elle. Les cheveux ébouriffés par le vent, bronzé et vêtu d'un simple maillot de bain, il était éblouissant de séduction. Pourtant, Diana ne le voyait pas. Rayonnante sous cette lumière qui irisait sa peau, elle regardait Lincoln, croyait à son rêve, savourait le goût de ses lèvres sur les siennes... Comme dans un songe, elle s'approchait de lui, voyait ses bras s'ouvrir, sentait un effleurement léger sur sa bouche... qui se transforma bientôt en un vrai baiser.

Brusquement revenue à la réalité, Diana eut un sursaut et repoussa violemment Roger. Comment avait-il osé ?

— Coupez ! cria aussitôt le metteur en scène. Diana ! que se passe-t-il ?

— Demande à Roger, répondit-elle, excédée.

— Excusez-moi, Diana. Je... je n'ai pas pu résister à la tentation. N'importe qui, à ma place, aurait perdu la tête, déclara-t-il calmement.

— Il fallait prendre un figurant ! répliqua-t-elle.

Il haussa les épaules et s'éloigna avec le metteur en scène. Diana ne se demanda même pas ce que signifiaient ces conciliabules. Elle ferma les paupières et essaya de dominer sa répulsion instinctive à l'idée de répéter une nouvelle fois cette scène.

— On recommence ! cria le metteur en scène

Elle s'apprêta docilement à affronter la lumière éblouissante du soleil. Roger, lui, serait vu de dos, ses traits resteraient dans l'ombre. Il n'avait pas, comme elle, à regarder la caméra. En toile de fond, il y aurait l'incendie merveilleux du crépuscule, la boule de feu du soleil plongeant lentement dans l'océan, à l'horizon...

— Roger ! Tu es prêt ? Moteur !

Perdue dans un songe, elle voyait à peine la silhouette venue de la mer. Elle rêvait d'un beau cavalier aux yeux noisette chevauchant un pur-sang qui galopait follement sur une plaine couverte de sauge... Elle était bien loin de San Lucas...

Mais soudain, le rêve et la réalité se rejoignirent.

— Lincoln !

C'était lui !

Il l'embrassa avec passion. Etait-ce un mirage ? Non. Il était là, bien vivant, plus amoureux que jamais. Dans ses yeux brillait un désir brûlant...

Elle répondit à ses baisers avec ardeur. Ils étaient seuls au monde, dans ce décor sauvage et grandiose, unis dans un même élan.

— Lincoln ! Comment ?... murmura-t-elle.

— Chut !

— Ils croient que c'est Roger qui...

— Oui, je sais, ne dites rien. Depuis le début de l'après-midi, je cherche à prendre son rôle sans que nul ne s'en aperçoive...

Ainsi, elle ne s'était pas trompée en croyant l'apercevoir ! Instinctivement, elle avait su que c'était lui. Mais, au moment où elle voulut le retenir, il s'éloigna et disparut...

— Diana ! hurla Roger. Qui diable est avec vous ? Coupez !

— Bon Dieu ! dit le metteur en scène. Pour la première fois de la journée, la séquence est parfaite, les deux acteurs fantastiques, la lumière merveilleuse. Et c'est justement le moment que tu choisis pour tout gâcher !

— Tu aurais pu te rendre compte que ce n'était pas moi ! dit Roger, furieux.

— Non, la preuve ! Cet homme est à peine plus grand que toi et, comme je le voyais de dos, je ne me suis pas méfié ! Tant pis ! On recommence !

Comme un automate, Olivia refit machinalement les mêmes gestes, folle d'inquiétude. Lincoln, dont la présence avait bouleversé ce décor, s'était évanoui comme par enchantement. Mais où était-il ?

A présent, le jour déclinait. L'air devenait plus léger, la lumière faiblissait. Enfin, le metteur en scène se déclara satisfait.

— Très bien, Diana ! Tu as été parfaite ; Roger aussi.

Epuisée, elle rejoignit en tremblant la tente réservée au vestiaire. Roger l'y attendait déjà.

— Passez vite une autre robe. Je vous invite à dîner au restaurant de l'hôtel. La terrasse qui donne sur la mer est merveilleuse et leurs plateaux de fruits de mer très réputés. Je sais que vous adorez les langoustes...

— Excusez-moi, Roger ; je n'en ai pas envie.

— Vous prendrez autre chose. Le loup au fenouil est, paraît-il, délicieux. Après une journée aussi fatigante, un repas au clair de lune...

— Non merci !

— De la viande, alors ?

— Je n'ai pas faim, Roger.

— Voilà trois jours que vous n'avez rien mangé ! Venez, Diana. Votre patron vous l'ordonne.

— Mais... si Lincoln venait ?

Il éclata de rire.

— Lincoln ? S'il voulait vous voir, il serait ici ! Il n'aurait pas pris lâchement la fuite...

— Il est probablement descendu au même hôtel que nous. Je suis sûre qu'il y est en ce moment et qu'il m'attend.

— Bon. Je vais téléphoner à la réception pour vérifier. Pendant ce temps, habillez-vous !

Profitant de son absence, elle choisit une robe du soir simple et élégante, puis elle attendit Roger, le cœur battant.

Il revint quelques instants plus tard.

— Vous aviez raison. Il a lui aussi choisi l'hôtel

de l'Océan, mais il ne se trouve ni dans sa chambre, ni au bar, ni au restaurant.

— Merci de vous être donné cette peine, Roger.

— Désolé pour vous, Diana. Mais puisque rien ne vous retient ce soir, je vous enlève ! Pour quelques heures, une nuit ou pour la vie...

— C'est impossible, Roger. Je vous l'ai déjà dit.

— Pourquoi ?

— Parce que je suis amoureuse d'un autre homme.

— Qui n'hésite pas à vous faire faux bond et à vous délaisser !

— Je vous interdis ! répliqua-t-elle, offensée.

— Pourquoi n'est-il pas ici en ce moment ? Non, décidément ! Cet homme est indigne de vous. Ah ! si vous me laissiez vous aimer, Diana, comme vous seriez heureuse !

Les yeux brillants de désir, il s'était rapproché d'elle et tentait de la prendre dans ses bras.

— Non, Roger, je vous en prie... Vous...

Elle ne put en dire davantage car la porte s'ouvrit brutalement.

— Oh ! Je vois que vous vous êtes attribué le rôle d'ange gardien ! s'exclama Lincoln, ironique. Sachez pourtant que ce rôle m'appartient.

Troublée par son apparition soudaine, Olivia resta pétrifiée.

— Je vous en prie, ajouta-t-il. Laissez-moi seul avec Olivia.

Sans mot dire, Roger quitta la pièce.

— Je vous attendais, Lincoln. Pourquoi vous conduisez-vous ainsi ? Vous pourriez être poli...

— Ce Roger commence à m'agacer. Il n'a aucun droit sur vous !

— Roger est mon patron, ne l'oubliez pas.

— Un patron qui voudrait être un peu plus...

— Je me défends très bien toute seule !

— Vraiment ? Vous ne paraissiez pourtant pas protester beaucoup ! Je n'ai rien entendu.

— Vous écoutez aux portes, à présent ?

— Non ; j'ai surpris votre conversation sans le vouloir.

— Que me reprochez-vous ? Lincoln ? Ne serait-ce pas plutôt à moi de vous demander des comptes ? Depuis cinq jours, je suis sans nouvelles. Vous apparaissez comme un fantôme, vous vous évanouissez... A peine revenu, vous me faites une scène. Je ne comprends pas ! Je suis fatiguée par une journée de travail, je n'ai pas envie de me disputer.

— J'espérais un accueil plus chaleureux, Olivia.

— Je suis à bout de nerfs... mais vous connaissez mes sentiments. Et vous, Lincoln ? Qu'êtes-vous venu faire à San Lucas ? Si je me souviens bien, vous m'aviez dit que votre travail ne vous permettrait pas de m'y rejoindre...

— Une vente de pur-sang m'a appelé au Texas. J'ai fait un détour par ici uniquement pour vous retrouver et découvrir par moi-même ce qu'était vraiment ce métier de mannequin.

— Et alors ? demanda-t-elle anxieusement.

— Eh bien ! l'expérience est concluante. Je suis édifié, maintenant.

— Que voulez-vous dire ?

— J'ai passé une partie de l'après-midi parmi la foule des badauds et des curieux qui vous regardaient embrasser votre partenaire à moitié nu... Singulière façon de vendre des vêtements !

— Sachez que, pour moi, ces séances de tournage ne sont pas plus érotiques que la rédaction d'une feuille d'impôts, la lessive ou la vaisselle...

Il la regarda, un peu interdit, et elle poursuivit avec véhémence :

— C'étaient des baisers de cinéma, Lincoln ! Pas des vrais ! Le seul vrai baiser de la journée est celui que j'ai échangé avec vous, quand vous avez marché à ma rencontre en sortant de la mer. J'ai cru alors mourir de plaisir.

— Si Roger vous entendait, il ne serait peut-être pas ravi d'apprendre que ce métier vous passionne si peu !

— Je le fais consciencieusement et il le sait.

— Pourquoi n'abandonnez-vous pas cette carrière, Olivia, puisque vous y trouvez si peu de satisfactions ?

— En réalité, vous voudriez que, pour vous plaire, je renonce à ce qui est une partie de ma vie ! Je suis Olivia, mais je suis aussi Diana.

— Ce n'est pas cela...

— Vous cherchez à me détruire... Ce n'est pas de l'amour, dit-elle gravement. C'est un désir de possession, rien de plus.

— Vous êtes de mauvaise foi, Olivia.

— Et si je vous demandais de renoncer aux chevaux ?

— Ce n'est pas pareil.

— Vraiment ? Pourquoi ?

— Je ne suis pas venu ici pour discuter.

— Alors pour quoi faire ?

— Vous le savez. Et c'est à cela aussi que vous pensiez quand je vous ai embrassée cet après-midi.

— Est-ce tout ce que vous voulez de moi ? Le désir physique seul compte-t-il ?

— N'est-ce pas ce qui vous lie à moi ? rétorqua-t-il, sarcastique.

Elle tenta de protester, mais il l'emprisonna dans ses bras et elle se sentit fondre comme neige au soleil.

— Embrassez-moi, Olivia. Ne pensons qu'au présent, à cette nuit qui nous attend, aussi belle que la première. Je vous veux rayonnante, libre, amoureuse...

11

Olivia se réveilla quelques instants avant la sonnerie du réveil. Elle redoutait tellement ce moment qu'il lui arrivait souvent d'être brusquement tirée du sommeil durant les deux ou trois minutes qui précédaient le signal fatidique.

Elle s'était endormie dans les bras de Lincoln et, doucement, elle se dégagea de son étreinte. Le jour pointait à peine. Pourtant, un rude programme l'attendait : faire sa gymnastique, prendre une douche, boire une tasse de café, se maquiller. Une longue journée de travail commençait, semblable aux autres. Ou presque. Car, ce matin, il lui fallait s'arracher au charme que Lincoln exerçait sur elle.

Avec un soupir, elle sortit du lit.

— Je t'aime, Lincoln, murmura-t-elle dans un souffle.

Ces mots, les entendrait-il dans son sommeil ? Elle l'espérait et le redoutait tout à la fois. Partageait-il ce sentiment bouleversant, ou bien l'attirance qui la poussait vers elle n'était-elle que physique ? Les souvenirs de la nuit affluèrent dans son esprit. Sous ses caresses, elle avait cru perdre la raison, et le plaisir qu'il lui avait donné avait dépassé tout ce qu'elle avait pu imaginer. Guidée par son instinct, elle s'était donnée à lui, librement, forte de toutes les audaces... Et la certitude de l'amour qu'elle éprouvait pour lui en avait été renforcée. A présent, elle ne pouvait concevoir de vivre sans Lincoln. Lincoln l'enchanteur, qui l'avait captivée corps et âme...

Mais lui, m'aime-t-il ? Cent fois, elle s'était posé la question et, chaque fois, son cœur s'était serré à l'idée que non. Il était devenu toute sa vie, mais lui ne voyait en elle qu'un objet de plaisir. Depuis qu'il avait appris qu'elle était aussi Diana, le célèbre mannequin, il n'avait plus jamais parlé de mariage. Elle le revit au moment où, à Palm Springs, il l'avait suppliée de l'épouser... Comme tout cela était loin ! Et qu'attendre du futur ?

Pour chasser ses sombres pensées, elle entreprit de faire sa gymnastique quotidienne en comptant consciencieusement ses mouvements, fit des exercices de respiration et, peu à peu, se détendit.

— Grands dieux ! Olivia, il est beaucoup trop tôt pour se lever !

Assis sur le lit, Lincoln la regardait, à moitié réveillé, l'air ébahi.

— Le travail m'attend ! lui rappela-t-elle.

— Est-il nécessaire de se torturer ainsi pour être belle ? Je trouve ça inhumain et stupide !

— Et la forme, alors ? répliqua-t-elle en souriant.

— Je connais des exercices physiques plus... agréables.

— Moi aussi. Une bonne douche, par exemple. Ensuite, un petit déjeuner léger ! Ça tombe bien, parce que c'est exactement ce que j'avais prévu de faire ! dit-elle, malicieuse. Oh ! J'oubliais : le maquillage en supplément !

— Tout cela peut attendre...

Il se leva et, comme par magie, Olivia oublia ses craintes, ses appréhensions, ses angoisses. Elle retrouvait la merveilleuse complicité qu'ils avaient partagée dans le désert de Hidden Springs... En un instant, elle fut dans ses bras et il entreprit de déboutonner la chemise qu'elle avait enfilée pour faire sa gymnastique. Sous ses caresses, elle n'avait plus la force de résister...

— Je devrais être déjà prête, protesta-t-elle faiblement.

— Nous avons le temps. Je suis sûr que le réveil avance...

Ses mains se posèrent sur sa poitrine nue, en épousèrent la rondeur ferme et insolente. Elle vibra, frissonna. Pourtant, sa raison lui criait encore de résister...

— Lincoln, je croyais que nous devions parler de nous, de notre avenir...

— Oui, bien sûr, nous allons le faire...

— Mais quand ?

— Demain... c'est promis...

Quelques instants plus tard, ses doutes furent balayés par la vague de plaisir qui la fit chavirer...

— Parfait ! s'écria le metteur en scène. Nous avons terminé ! Je n'aurais jamais cru que les délais seraient respectés !

— Oui, approuva Roger. Tout s'est très bien passé.

— Tu veux peut-être qu'on fasse encore quelques prises de vue ?

— Pour le maquillage « Terre de soleil » ? Non, je te remercie. Les séances sont prévues pour le mois prochain. Nous avons tous besoin de repos. Et puis le cyclone risque de s'abattre sur le désert sans prévenir ! Rendez-vous donc à toute l'équipe, au bar de l'hôtel, pour une coupe de champagne !

D'ordinaire, Olivia aimait beaucoup les petites fêtes que Roger offrait chaque fois qu'un tournage s'achevait. Elle avait d'excellents souvenirs de soirées à Londres, New York, Hong Kong, où la joyeuse équipe avait dansé jusqu'à l'aube, goûtant une liberté bien méritée. Mais, ce soir, elle était épuisée et inquiète et se sentait incapable de prendre un verre et de bavarder gaiement avec les photographes et les techniciens, comme elle le faisait d'habitude.

Ces journées de travail intense avaient été très éprouvantes. Heureusement, la présence de Lincoln l'avait aidée à supporter le rythme insensé des multiples séances. Curieusement, il avait posé des questions, avait paru s'intéresser au cinéma. Tous l'avaient jugé sympathique, malgré son physique intimidant — même Roger, avec lequel il avait eu de longues conversations sur le désert, l'élevage des pur-sang et le base-ball, leur passion à tous deux... Bien que sensible à ce changement inattendu, Diana ne pouvait s'empêcher de rester sur la défensive. Ces cinq jours de tournage avaient été la preuve que son métier ne ressemblait pas à ce qu'il avait imaginé, mais cela signifiait-il qu'il avait renoncé à ses préjugés ? Elle en doutait encore. D'ailleurs, pourquoi n'était-il pas venu cet après-midi pour la chercher ?

Une angoisse folle la saisit à l'idée qu'il était peut-être reparti sans lui dire au revoir. Son attitude, ce matin, lui avait paru étrange... Pourquoi avait-il eu ce sourire lorsqu'elle avait évoqué leur avenir ? Peut-être songeait-il déjà à la laisser seule à San Lucas ? Depuis son arrivée, elle avait eu peur chaque fois qu'ils s'étaient séparés, ne fût-ce que quelques minutes, redoutant de ne plus le retrouver. Aujourd'hui, elle était plus anxieuse encore que les jours précédents.

Qu'allait-il faire, maintenant que le tournage était terminé ? Accepterait-il qu'elle retourne avec lui à Palm Springs, comme elle le souhaitait ?

Après l'avoir, sans succès, cherché du regard, elle pénétra dans le vestiaire, choisit à la hâte une robe grise à grosses fleurs jaunes, se recoiffa et se maquilla très légèrement. Il fallait faire bonne figure à la fête organisée par Roger.

Elle s'efforça de paraître gaie et détendue en arrivant au bar où toute l'équipe sablait le champagne dans une ambiance de chaude camaraderie. Par les baies vitrées, on voyait la plage où venaient mourir les vagues en un inlassable va-et-vient. Quant à la musique d'ambiance, on l'entendait à peine au-dessus du brouhaha et des éclats de rire.

Dès son entrée, elle commanda un Alexandra, son cocktail préféré, et resta près de la porte pour guetter l'entrée de Lincoln. Mais il restait désespérément invisible. Nerveusement, elle but sa boisson, en commanda une autre... Au même instant, un garçon d'hôtel lui fit signe et elle s'approcha de lui, le cœur battant.

— Monsieur McKenzie m'a chargé de vous dire qu'il vous attendait dans sa chambre.

Sans plus attendre, elle quitta le bar et se précipita vers l'ascenseur.

Arrivée devant la porte, elle resta un instant immobile, très émue. Le moment décisif approchait. Depuis cinq jours, Lincoln avait renvoyé au lendemain la conversation qu'elle souhaitait. Il devait maintenant prendre une décision. A elle de se montrer assez énergique pour lui faire comprendre qu'elle n'était pas simplement un objet de plaisir, qu'elle voulait devenir sa femme. Aurait-elle la force de lui parler ? C'était maintenant ou jamais et elle s'apprêta à livrer une rude bataille...

Lincoln était allongé sur le lit où il avait éparpillé des livres consacrés à l'élevage des pur-sang, des magazines de jardinage, des cartes de géographie. La fenêtre était grande ouverte et une lumière d'orage baignait toute la chambre. A l'horizon, le ciel était couvert de gros nuages noirs et menaçants.

Il la regarda entrer sans dire un mot ; son silence effraya Olivia.

— Lincoln ! Je croyais vous avoir perdu ! balbutia-t-elle.

Il marmonna quelques mots qu'elle ne comprit pas et l'observa d'un air ironique.

— Vous arrivez plus tôt que d'habitude, lui fit-il remarquer.

— C'est fini. Je suis en vacances.

— Comment ?

— Oui, le tournage est terminé. Ouf ! Je n'en peux plus. Mais pourquoi n'êtes-vous pas venu nous voir cet après-midi ?

Il se mit à crayonner machinalement un dessin sans répondre.

— Les techniciens ne vous avaient pas invité à notre fête ?

— Si, mais je n'ai pas eu envie d'y participer.

— J'ai cinq jours de vacances, ou plutôt quatre, puisque celui-ci est déjà bien entamé, dit-elle, essayant de plaisanter.

Pourquoi Lincoln s'enfermait-il dans ce mutisme inexplicable ?

— Ça ne vous fait pas plus plaisir que cela ? Vous qui me reprochiez de trop travailler ! Je vais enfin pouvoir me reposer, à présent.

— Alors, vous êtes vraiment libre ?

— Libre, oui. A tout moment, bien sûr, je peux être rappelée pour un film qui n'avait pas été prévu. Pour l'instant, Roger préfère arrêter les prises de vues. Le cyclone se rapproche, paraît-il.

— Pourquoi ne tourne-t-il jamais en studio ? Il n'aurait plus ce genre de problèmes.

— Il a horreur de ça. Il prétend que rien ne remplace la lumière naturelle.

— Drôle d'idée ! dit-il en rassemblant ses papiers et ses journaux.

— Lincoln... si je vous dérange, je peux partir...

Pour toute réponse, il se leva et la prit dans ses bras. Une fois de plus, elle se sentit sans défense, prête à fondre de plaisir sous ses caresses. Il aurait été si agréable de se laisser aller, d'oublier tout, de ne pas songer aux menaces qui pesaient sur elle ! Mais il fallait être énergique.

— Lincoln, nous avons à parler, tous les deux.

— Plus tard, murmura-t-il.

Ses bras s'étaient refermés sur elle comme un étau d'acier.

— Quand ?

— Demain.

— Pourquoi toujours remettre à demain ? s'écria-t-elle, excédée.

— Pourquoi se presser ?

— Ce n'est pas ainsi que nous avancerons, murmura-t-elle, découragée.

— Vous lasseriez-vous déjà de moi, Olivia ?

— Jamais, Lincoln, et vous le savez ! Parce que je vous aime ! Je t'aime...

Elle le sentit se raidir.

— Et toi, Lincoln, m'aimes-tu ?

Il ne répondit pas et se contenta de l'embrasser avec violence.

— Non, Lincoln !

Elle tenta de se dégager, bien décidée, cette fois, à ne pas céder à la tentation de la volupté. Brusquement son visage se durcit. Une expression cruelle altéra ses traits. Il redevenait l'homme implacable et sarcastique qui l'avait tant fait souffrir...

— Ne me parle plus d'amour, Olivia.

— Pourquoi ? demanda-t-elle, au bord des larmes. C'est comme si tu me refusais le droit de respirer. Pourquoi ?

— Tu le sais bien.

— Lincoln, je t'en prie, pourquoi ne me crois-tu pas ? Si j'étais à nouveau Olivia, l'adolescente que tu as connue autrefois, la femme que tu as retrouvée dans le désert, par un soir d'orage, aurais-je le droit de te parler d'amour ?

Il sembla ému et hésita un instant.

— Ne parlons plus de cela, dit-il.

— Ainsi, même Olivia ne signifie plus rien pour toi ?

Il ne répondit pas.

— Qu'ai-je fait pour être traitée ainsi ? Me croyez-vous indigne de mériter votre amour ?

Elle étouffa un sanglot.

— Il y a quelque chose en toi que rien ne pourra changer, Olivia.

— Quoi ?

— Tu es une femme très belle, mais très égoïste.

— Pour quelle raison le penses-tu ? demanda-t-elle en tremblant.

— Parce que tu refuses de rompre ton contrat et de renoncer à ce fichu métier.

— Non ! dit-elle, désespérée. Même si je n'étais plus mannequin, cela ne changerait rien !

— Vraiment ?

— Oui. Cela ne changerait rien au fait que tu détestes la beauté et que tu me détestes !

— Ce n'est pas vrai, Olivia, dit-il doucement.

Le tonnerre résonna soudain. Dans le ciel d'encre, des éclairs aveuglants crépitaient et le vent pénétra dans la chambre en rafales. Elle alla refermer la fenêtre et revint vers Lincoln.

— Tu ne t'en rends peut-être pas compte, mais tu m'en veux d'être belle.

— D'être belle pour des milliers d'hommes. Un seul ne te suffit pas ?

— Il s'agit de tout autre chose, Lincoln. Je te l'ai déjà expliqué plusieurs fois, répondit-elle avec lassitude.

— Alors démissionne.

— Prouve-moi d'abord que je suis égoïste !

— Que veux-tu dire ?

— Quelqu'un d'égoïste ne pense pas aux autres. Es-tu incapable de te rendre compte que si j'abandonnais ma carrière, Roger perdrait beaucoup d'argent ? Je n'ai pas à le sacrifier à tes caprices ou aux miens. Etre auprès de toi est le plus grand bonheur qui puisse exister pour moi. Si je brisais mon contrat au nom de ce bonheur, je ferais le malheur de Roger !

— Quel malheur ! s'exclama-t-il ironique.

— Je lui dois beaucoup, Lincoln.

— C'est-à-dire ? demanda-t-il d'une voix lourde de sous-entendus. Tu es restée cinq jours avec lui avant mon arrivée. Qui me dit que tu n'as pas...

Elle le regarda droit dans les yeux, très pâle.

— Tu n'as pas le droit de m'insulter ainsi !

— Pourquoi n'aurais-tu pas eu une aventure avec lui ?

— Parce que je t'aime. Mais ce mot n'a pas de sens pour toi.

— J'ai du mal à te croire.

— Exactement comme tu doutais de ma sincérité lorsque je te disais que je n'avais aucune expérience. Pourquoi n'as-tu pas confiance en moi ? Oh ! Après tout, cela n'a plus guère d'importance...

— Ne dis pas cela, Olivia.

— Tu as peur, Lincoln. Peur de la beauté, peur parce que tu la crois dangereuse et destructrice.

Et cette peur s'est enracinée en toi depuis ta toute petite enfance. Et c'est pour cela que tu ne peux pas m'aimer, Lincoln. Tu préfères gâcher ton avenir plutôt que d'affronter la vérité et renoncer à tes préjugés.

Elle s'interrompit un instant pour reprendre son souffle et, réprimant ses larmes, poursuivit, soudain lasse :

— J'ai cru pouvoir lutter contre le passé, te prouver que rien n'est impossible si l'on s'aime vraiment. J'ai échoué. Il y a trop de haine en toi.

— Non, Olivia, ce n'est pas vrai, dit-il tristement. Je ne te déteste pas. Je ne veux pas te faire du mal.

— Il ne nous reste plus qu'à nous séparer, dit-elle en pleurant.

Elle fit quelques pas, mais il la rattrapa et lui saisit les poignets :

— Pourquoi ? Pourquoi tout gâcher ?

— Laisse-moi partir...

— Il n'y a aucune raison...

— Nous nous sommes trompés, toi et moi. Moi, en croyant reconnaître en toi l'homme dont j'avais rêvé dans mon enfance. Toi, en imaginant que je n'avais pas grandi, que j'étais toujours ta petite Olivia. Tu n'as pas su accepter Diana. Nous sommes responsables l'un et l'autre.

Elle appuya son front contre la vitre et contempla l'orage...

— Eh bien ! c'est moi qui partirai.

Elle ne répondit pas.

— Adieu, Olivia.

Lentement, il se dirigea vers la porte.

— Adieu, Lincoln.

La porte à peine refermée, Olivia éclata en sanglots.

12

Au volant de la Jeep, Olivia conduisait avec une élégance, une désinvolture naturelles, et une éblouissante précision. La vitesse la grisait et elle aimait cette sensation de puissance et de légèreté qui lui faisait oublier ses soucis. Mais aujourd'hui chaque kilomètre parcouru, en la rapprochant de Hidden Springs, la rendait de plus en plus nerveuse.

Le temps des orages et de la canicule était passé. Il n'était plus maintenant qu'un lointain souvenir, tout comme l'éclat des fleurs sauvages du désert. Quelques semaines seulement s'étaient écoulées depuis qu'elle avait quitté le ranch et il semblait à Olivia qu'elle était partie depuis des années. Au loin les montagnes se dressaient, sauvages, altières, inaccessibles. A l'image de Lincoln, se dit-elle rêveusement. Puis elle se ressaisit. Pourquoi ses pensées la ramenaient-elles toujours à lui ? Non. Malgré le temps, elle ne pouvait l'oublier...

Sa Jeep était suivie par une caravane de cinq

voitures qui, à chaque minute, prenait un peu plus de retard. Toute l'équipe de tournage au grand complet, photographes, machinistes, metteur en scène, tentait de la rattraper sans qu'elle fît le moindre effort pour ralentir. Ils trouveraient bien le chemin tout seuls ! A mesure qu'elle se rapprochait de ces terres arides dont le souvenir ne l'avait jamais quittée, son angoisse augmentait.

C'était Roger qui avait tenu à louer à nouveau le terrain de Hidden Springs. Olivia n'en voyait nullement la nécessité. Pour la campagne publicitaire de la ligne Terre de soleil, n'importe quel désert aurait fait l'affaire ! A plusieurs reprises, ils s'étaient disputés à ce sujet. Pourquoi pas les vastes étendues du Texas ? Ou, à nouveau, San Lucas ? Ou encore un voyage en Egypte ? L'idée de revenir sur les lieux mêmes qui avaient bouleversé sa vie la terrifiait tellement qu'elle avait même envisagé de rompre son contrat si Roger persistait dans son intention. Mais elle ne l'avait pas fait. Son métier était tout ce qui lui restait et son patron le savait bien. Il avait gagné finalement. Le film serait tourné au pays de son enfance et de ses amours brisées à jamais.

Tout en appuyant machinalement sur la pédale de l'accélérateur, Olivia se demanda quelle idée Roger pouvait bien avoir en tête. Pourquoi tenait-il à la rapprocher de Lincoln ? Car, bien sûr, sa décision ne pouvait être innocente. Après leur séparation, Olivia n'avait pu cacher son chagrin et, à nouveau, il avait manifesté le désir de la consoler. Comme par le passé, il s'était montré plein de sollicitude, de délicatesse, de discrétion. Une fois de plus, elle l'avait éconduit avec douceur et fermeté, et il n'avait pas insisté. Au bout de quelques jours, ils avaient repris leurs relations de franche camaraderie.

Qu'allait-il se passer, maintenant ? Pour franchir les derniers kilomètres qui la séparaient de Hidden Springs, elle accéléra encore l'allure, hantée par ses souvenirs, ignorant les dangers que recelait le terrain très accidenté. Les yeux fixés droit devant elle, elle songeait au passé...

Quelques jours après leur séparation, Lincoln lui avait téléphoné. Elle avait cru s'évanouir de joie et d'émotion en reconnaissant sa voix. Allait-il enfin lui dire qu'il l'aimait ? Le cœur battant, elle attendait. Elle devina son trouble, entendit sa respiration haletante... Mais il s'était contenté de lui dire qu'elle lui manquait beaucoup et qu'il la désirait toujours. Elle avait raccroché brusquement.

La déception avait été d'autant plus grande qu'elle avait follement espéré, pendant quelques minutes, les mots fous et tendres de l'amour. Ainsi, il ne changerait jamais...

A plusieurs reprises, il avait à nouveau téléphoné, la suppliant de revenir, mais se refusant à faire des projets. Elle avait fini par lui demander de ne plus l'appeler, incapable de supporter plus longtemps ce supplice, cette attente vaine, toujours frustrée, cette déception cruelle sans cesse renouvelée.

Au bout de quelque temps, il s'était résigné. Depuis, le silence...

Comment allait-il interpréter son retour à Hidden Springs ? Peut-être s'imaginerait-il qu'elle venait se livrer à lui corps et âme sans conditions ? Dans ce cas, il lui faudrait mettre les choses au point tout de suite. En aurait-elle la force ? L'idée de le revoir la bouleversait tellement qu'elle jugea l'entreprise au-dessus de ses forces.

Au moment où elle arriva en vue de la propriété, elle distingua, au loin, trois cavaliers chevauchant leur monture. Elizabeth, un jeune garçon et... Lincoln ! Sur un violent coup de frein, la Jeep s'immobilisa en dérapant légèrement. Le cœur d'Olivia battait la chamade.

Lincoln était là, à quelques mètres d'elle. Il la regardait, la dévorait des yeux. Elle comprit alors qu'elle ne pourrait jamais l'oublier et crut défaillir. Quelle folie d'être revenue! Comment avait-elle pu se croire assez forte pour jouer avec le feu, sachant que, cette fois, la séparation serait plus cruelle encore?

Elle ferma les yeux et resta un instant immobile, sans oser sortir de la voiture.

— Olivia!

C'était la voix d'Elizabeth. Rouvrant les paupières, elle leva la tête et vit l'adolescente qui avait sauté à terre et courait vers la Jeep, Bobby sur les talons.

— Elizabeth!

— Oh! Olivia! Quelle joie de te revoir!

Bouleversée, elle sauta de voiture et accueillit la jeune fille dans ses bras. Lincoln était toujours à cheval. Il n'avait pas bougé.

— Moi aussi, Elizabeth, je suis heureuse de te retrouver, dit-elle d'une voix étranglée. Tu m'as manqué, tu sais!

Elle s'efforçait de parler d'une façon naturelle. Tout ce qu'elle ne pouvait dire à Lincoln, elle l'avouait à Elizabeth...

— Mais enfin, Olivia, dis-moi... pourquoi cette absence, ce silence? murmura l'adolescente, au bord des larmes.

Olivia ne put répondre. Aucun son ne sortait de sa gorge.

— Oh! c'est vrai. Je m'étais promis de ne te poser aucune question. Mais c'est plus fort que moi.

Elle la regarda attentivement.

— Tu as changé, Olivia.

— Comment?

— Je ne saurais te dire pourquoi exactement.

142

Tu parais plus âgée. Comme mon frère. Comme si vous aviez vieilli tous les deux.

A son tour, Olivia examina l'adolescente. Elle était ravissante. Ses cheveux dansaient librement sur ses épaules, un très léger maquillage mettait en valeur la finesse et la régularité de ses traits, sa bouche bien dessinée, ses yeux bleu turquoise. Elle se sentit très fière d'avoir contribué à cette métamorphose.

— Comme tu es belle, Elizabeth !

— Tu vois ! J'ai suivi tes conseils.

— Qu'en pense Lincoln ? demanda-t-elle sans réfléchir.

Elle regretta aussitôt d'avoir prononcé ce prénom.

— Eh bien, tu ne le croiras jamais... Il me laisse libre ! Lorsqu'il est revenu de San Lucas, il m'a emmenée à Palm Springs et m'a donné la permission de choisir les vêtements qui me plaisaient. J'ai pu aller chez un nouveau coiffeur à la mode et je me suis fait faire une coupe sensationnelle ! C'est merveilleux, n'est-ce pas ?

— J'en suis ravie pour toi, murmura Olivia.

— Viens avec moi au ranch !

— Rien ne presse...

— Ecoute, je sais que Lincoln t'aime. J'en suis sûre, chuchota-t-elle d'une voix pressante.

Olivia poussa un soupir et haussa les épaules.

— Laissons cela....

— Non. Il faut que tu le saches. Il n'a plus revu Lyn et il n'y a aucune autre femme dans sa vie. Il travaille comme un forcené et il est d'une humeur massacrante avec tout le monde, sauf avec moi. Plus personne ne peut lui parler. On voit bien qu'il est horriblement malheureux ! Je suis très inquiète. Enfin, tu es là, il t'aime...

— Non, Elizabeth ! répondit-elle avec violence. Non ! Je suis revenue pour mon travail, c'est tout !

— Vraiment ? Oh ! je suis tellement déçue !

— Merci pour ton accueil, Elizabeth. Je te propose une chose : puisque Lincoln te donne plus de liberté, peut-être acceptera-t-il que tu viennes passer quelques jours chez moi ?

— A Manhattan ? demanda la jeune fille ravie.

— Oui ; ou bien à Santiago, où je dois me rendre pour un tournage le mois prochain.

Le visage d'Elizabeth s'assombrit brusquement.

— Lincoln ne me permettra jamais de manquer la classe mais je pourrais te rejoindre pendant les vacances de Noël, suggéra-t-elle.

— Non ! Noël est une fête de famille. Et Lincoln aura besoin de ta présence.

En disant ces mots, elle dut réprimer un sanglot. Comme elle aurait été heureuse de passer les fêtes de fin d'année au ranch, avec eux ! Elle avait tant rêvé de s'appeler Mme Lincoln McKenzie, de passer un réveillon en amoureux avec Lincoln ! Mais la réalité était bien différente !

— Ne sois pas triste, Elizabeth, dit-elle d'un ton détaché. Je t'inviterai l'été prochain. Le temps passe très vite, tu sais !

— Oui... mais avec qui seras-tu le soir du réveillon ? Toute seule ?

— Je n'en sais rien, on verra... Dis-moi : qui est cet homme élégant qui t'accompagne ? demanda-t-elle pour changer de sujet de conversation.

— Comment ? C'est Lincoln !

— Non ! L'autre !

— Ah ! Ce n'est pas encore un homme ! Il a mon âge. C'est Jack.

— Il est très sympathique.

— Je vais vous présenter. Viens !

Elles se dirigèrent vers Jack, qui mit aussitôt pied à terre. Seul Lincoln resta sur sa monture.

144

— Je suis enchantée de faire votre connais-sance, déclara Olivia d'une voix qui s'efforçait d'être naturelle.

— Et moi, je suis ravi de rencontrer l'amie d'Elizabeth, le célèbre mannequin ! répondit-il avec un sourire.

Elle sentit le regard de Lincoln posé sur elle. Allait-il enfin lui adresser la parole ?

Elle se tourna vers lui en s'efforçant de rester calme.

— Bonjour, Lincoln, dit-elle d'une voix sans timbre.

Il y eut quelques instants d'un silence oppres-sant.

— Tu m'as beaucoup manqué, Olivia, répon-dit-il simplement.

C'était le ton d'un homme qui avait souffert. Mais s'il l'aimait, pourquoi ne voulait-il pas le reconnaître ? C'était stupide, cruel, incompré-hensible ! Etaient-ils condamnés à ne jamais pouvoir se rejoindre ?

Il était là, devant elle, comme autrefois, quand elle avait neuf ans. Toujours aussi beau, aussi fascinant, avec ses cheveux où le soleil accrochait des mèches d'or, ses yeux sombres pailletés d'ambre. Quelque chose, pourtant, avait changé. Elizabeth avait raison. Son visage portait la marque d'une infinie tristesse. Ses traits étaient durcis. Mais elle n'aurait su à quoi attribuer cette transformation.

Elizabeth et Jack s'étaient discrètement éloi-gnés. A nouveau, elle était seule avec cet homme imprévisible et mystérieux qui avait gardé le pouvoir de la troubler, de la séduire, de lui faire oublier toutes ses bonnes résolutions. Un charme étrange, irrésistible, les attirait encore l'un vers l'autre...

Se sentant prise au piège, incapable de réagir, Olivia entendit avec soulagement un bruit de moteur qui se rapprochait. L'arrivée imminente de l'équipe ne tarderait pas à faire diversion, lui épargnant une conversation douloureuse.

La Jeep conduite par Roger apparut la première. Dès qu'il aperçut Olivia, il s'arrêta.

— Eh bien ! Vous êtes en panne ? Ce sont des choses qui arrivent quand on roule trop vite...

— Pas du tout ! Je vous attendais.

Roger aperçut alors Lincoln qui s'avançait vers lui à cheval.

— Tiens, il est là, lui aussi ? demanda-t-il tout bas. Est-ce que... ?

— Non, je t'en prie, répondit-elle énergiquement. Ne revenons pas sur le passé.

Le ton d'Olivia était sans réplique.

— Bien. Excuse-moi.

— Bonjour, Roger, dit Lincoln en s'arrêtant à côté de la Jeep.

Saisie de vertige, Olivia s'adossa à la carrosserie.

— Salut, Lincoln ! Oh ! Ce pur-sang est superbe ! J'aurais dû écouter Diana quand elle m'a suggéré d'utiliser certains de vos chevaux pour un de mes films publicitaires...

— Vraiment ? Je l'ignorais.

— Oui, lorsqu'elle avait proposé de tourner à Hidden Springs, la première fois que nous sommes venus.

— Mais elle n'en a plus reparlé ensuite ?

— Non, dit-il en riant. A vrai dire, c'est moi qui ai insisté pour que le tournage se fasse ici.

— Pourquoi ? demanda vivement Lincoln.

— Diana ne voulait pas revenir. Elle m'a même menacé de rompre son contrat si les prises de vues étaient faites au ranch.

Il y eut un instant de silence.

— Et que s'est-il passé ?

— Eh bien ! elle a fini par accepter de travail-

ler à Hidden Springs. C'est une vraie profession-
nelle.

— Oui. Je sais que le travail compte plus pour
elle que... tout le reste.

Olivia écoutait, retenant son souffle. Son cœur
battait violemment dans sa poitrine.

— Ce n'est pas tout à fait vrai, répliqua Roger.

— Pourquoi dites-vous cela ?

— Diana est très satisfaite du contrat que je lui
ai fait signer. Mais elle était prête à le rompre...
au moment où vous êtes parti. Je voulais la
consoler, vous remplacer. Sans succès. Me voyant
trop entreprenant, elle m'a menacé de démission-
ner si je continuais à lui faire des avances. Voilà
pourquoi j'ai exigé que ce tournage se fasse à
Hidden Springs. Pour la rapprocher de vous,
Lincoln, et mettre fin à la souffrance intolérable
gravée sur ses traits. A présent, je compte sur
vous pour rendre à Diana son sourire perdu, sa
joie de vivre...

— Roger ! s'écria Olivia, au bord de l'évanouissement.

Jamais elle n'aurait dû accepter de tourner à
nouveau à Hidden Springs. Le piège se refermait
sur elle, à présent.

— Olivia vous a-t-elle parlé des serpents ?
demanda Lincoln comme s'il ne s'était rien passé
d'extraordinaire.

— Des serpents ? répéta Roger sans comprendre.

— Oui, dit-elle très vite. J'ai prévenu toute
l'équipe. Ils savent qu'il y en a parfois près des
sources.

— Parfois ? dit Lincoln en riant. Toujours,
vous voulez dire !

— Je croyais que ceux que l'on trouve dans
cette région ne sont pas dangereux, fit remarquer
Roger.

— C'est vrai. Leur morsure n'est généralement

pas mortelle, sauf pour les personnes allergiques au venin. C'est le cas d'Olivia.

— Alors c'est trop risqué. On repart tout de suite, déclara Roger.

— Ne sois pas ridicule ! répliqua-t-elle. Je cours beaucoup plus de dangers en conduisant une voiture qu'en me promenant dans le désert !

— Ça ! c'est vrai ! A la façon dont tu roulais tout à l'heure en arrivant ! s'exclama Lincoln.

— Alors, Diana, on reste ? demanda Roger.

— Oui, dit-elle fermement.

— Entendu.

Lincoln fit un pas vers elle.

— Quand tu auras fini de travailler, nous parlerons.

— Non ! répliqua-t-elle vivement. Nous n'avons plus rien à nous dire.

Mais, déjà, Lincoln éperonnait son cheval. Il disparut en quelques secondes, après avoir lancé son cheval au galop.

Olivia était appuyée contre un rocher. Les prises de vues pour Terre de soleil commençaient. Sa beauté devait incarner la séduction de la nouvelle ligne de maquillage que Roger désirait lancer. Pour cette toute nouvelle collection, le célèbre créateur avait choisi une palette de couleurs irisées, nacrées, moirées, merveilleusement chatoyantes, qui captaient et reflétaient l'éclat du désert dans un camaïeu d'ocres, d'or fauve et cuivré, de bronze lumineux.

Avant le tournage du film, on avait prévu des séances de pose photo. D'ici un mois, tous les magazines présenteraient le visage de Diana North avec, pour légende, le slogan qu'elle avait elle-même composé : « Terre de soleil — l'insolente beauté d'un mirage d'été. » Un mirage... Oui, c'était ce que vivait Diana, ce qu'était devenue son existence...

— Vers la droite, ton visage ! cria Jerry Wilson. Un sourire ! Très bien !...

Elle obéissait comme un automate, l'esprit ailleurs.

— C'est exactement ça ! Belle et inaccessible à la fois. Indomptable et farouche ! Parfait !... A gauche, maintenant !

Concentrée sur son travail, elle obéissait lorsque, soudain, elle aperçut un cavalier qui s'approchait... Lincoln !

Découpé sur l'azur du ciel, il était auréolé de lumière et une impression de puissance et d'harmonie se dégageait de toute sa personne. Auprès de lui se tenait Jack, qui retenait à grand-peine son cheval, un pur-sang noir.

— On s'arrête un moment ! dit Jerry. Tu as bien mérité une pause, Diana.

Elle se leva et but un grand verre d'eau.

Brusquement, les aboiements de Bobby retentirent dans le silence et, au même instant, elle entendit un hurlement de terreur. C'était la voix d'Elizabeth !

— Où es-tu ? cria-t-elle, affolée.

Les deux cavaliers lancèrent leur cheval en direction des sources. Elle se mit à courir à leur suite et aperçut, au fond d'une petite ravine, la jeune fille et le chien. Tout près, lové, un gros serpent...

Elizabeth semblait glacée de terreur et sur le point de s'évanouir. Si elle s'effondrait, elle serait mordue. Aussi longtemps qu'elle restait debout, elle ne risquerait rien. Bobby, lui, ne cessait d'aboyer furieusement.

— N'aie pas peur, Elizabeth. Ne bouge pas, dit-elle aussi calmement qu'elle le put.

Il fallait sauver la jeune fille, fût-ce au péril de sa vie ! Olivia n'hésita pas une seconde. Malgré sa peur, elle se précipita au fond du ravin et saisit

Elizabeth dans ses bras au moment où elle allait chanceler, sans connaissance.

Alors, seulement, elle comprit que le danger la menaçait, à présent. Pieds nus, immobile, à un mètre du serpent, elle se sentit soudain infiniment vulnérable, incapable de s'arracher à la fascination de l'animal qui, lentement, déroulait ses anneaux, s'approchait inexorablement...

Pétrifiée, comme hypnotisée, elle perçut à travers une sorte de brouillard un bruit de sabots, des ordres brefs et précis, et vit Lincoln sauter de cheval, un poignard à la main. Il tourna quelques instants autour de l'animal qui sifflait en se redressant. Le manège ne dura pas. D'un geste sec, Lincoln trancha le cou du serpent.

Olivia perdit conscience. L'émotion avait été trop forte. Elle sentit vaguement que Jack prenait Elizabeth dans ses bras, lui chuchotant des mots tendres, puis tout se brouilla devant ses yeux.

— Olivia ! Es-tu devenue folle ? s'exclama Lincoln avec colère, soulagé de voir tout danger écarté.

— Non, murmura-t-elle d'une voix mourante.

— Elizabeth ne risquait rien ! Elle n'est pas allergique au venin, elle !

Ulcérée, Olivia retrouva ses esprits pour protester avec toute la véhémence dont elle était capable.

— Elizabeth était sur le point de s'évanouir au moment où je suis arrivée. Si elle s'était écroulée, elle aurait été mordue au cou et...

A ces mots, Lincoln se radoucit.

— Ah ! bon ! je comprends, dit-il, bouleversé.

Tout en lui parlant, elle entendit Elizabeth pleurer comme une enfant. Jack la réconfortait, lui murmurait à l'oreille des mots d'amour. Mais elle, Olivia, personne ne la consolait ! Jadis, quand ses parents étaient morts, Lincoln l'avait aidée, réconfortée. Elle avait eu longtemps une dette de reconnaissance à son égard. Maintenant qu'elle avait sauvé la vie de sa sœur, ils étaient quittes. Elle pouvait partir. Et le quitter pour toujours... Sur cette pensée, elle perdit conscience.

Revenant à elle, Olivia ouvrit les paupières et, éblouie par le soleil, les referma aussitôt. Elle entendait vaguement Roger et Lincoln discuter, sans entendre ce qu'ils disaient. D'ailleurs, qu'importe ! songea-t-elle avant de perdre à nouveau conscience.

Quand elle se réveilla, elle distingua d'abord de chatoyants coussins de soie et des étoffes tissées d'or. Où était-elle ?

Elle reconnut enfin la tente qui servait de vestiaire pendant le tournage. Les coussins et les tissus étaient ceux qu'elle avait choisis elle-même pour la campagne publicitaire de la ligne Terre de soleil.

Mais que faisait-elle ici ? Etait-elle malade, blessée ?

Elle se rappela alors que, pour la première fois de sa vie, elle s'était bel et bien évanouie. Elle se souvenait vaguement d'avoir entendu Lincoln et Roger discuter. Ils voulaient appeler un médecin, la transporter à Palm Springs. Finalement, elle avait été installée là et elle en ressentit un immense soulagement. L'idée qu'elle aurait pu revoir l'hôpital où étaient morts ses parents la fit frémir. Et c'était à Lincoln, qui l'avait deviné, qu'elle devait la décision de n'y avoir pas été envoyée...

Lincoln ! Au moment où elle prononçait son nom, elle sentit la chaleur de son visage près du sien. Ses lèvres effleurèrent les siennes...

— Non, dit-elle. Je t'en prie...

— Pourquoi ?

— Parce que tu ne changeras jamais, murmura-t-elle, au bord des larmes.

— Si, j'ai changé. Je t'aime, Olivia.

Elle tenta de se redresser, croyant à un mirage. Avait-elle rêvé ?

— Je t'aime, répéta-t-il comme pour lui prouver le contraire.

Pouvait-on lui faire confiance ? Non, c'était trop tard. Pour cela, il lui aurait fallu trouver la force de vivre... Une force dont elle se croyait maintenant privée.

— Non, dit-elle d'une voix sourde.

— Ecoute-moi, Olivia.

Elle ferma les yeux.

Il se mit à parler lentement, avec douceur, comme s'il s'adressait à lui-même.

— J'ai aimé Olivia dès la première fois que je l'ai aperçue, sur le terrain de ses parents. C'était une petite fille de neuf ans ; j'en avais dix-sept. Je voulais attendre qu'elle grandisse... Un soir, quelques années plus tard, je l'ai vue sortir en courant de ma maison et se jeter dans mes bras, épouvantée. Elle avait assisté à une dispute entre ses parents, une de ces querelles que je subissais quotidiennement. Alors, je l'ai ramenée chez elle, je l'ai embrassée, désirée...

— C'est le passé, Lincoln. Pourquoi nous torturer ainsi ? balbutia-t-elle, bouleversée.

Mais, l'ignorant, il poursuivit :

— La nuit suivante, continua-t-il, je la tins encore dans mes bras, toute une nuit... mais c'était pour la consoler. Ses parents venaient de mourir. Et puis, ensuite, elle est partie. Jamais je n'ai désiré une femme autant qu'Olivia jusqu'au jour où, six ans plus tard, une splendide créature a fait irruption dans ma vie : Diana la féline, Diana la tentatrice, l'ensorceleuse. Diana la belle, aux yeux de chat, à la chevelure de soie.

Diana l'enchanteresse qui m'offrait toutes les voluptés...

Il s'arrêta un instant et soupira.

— Alors, brusquement, j'ai compris ce qui était arrivé à mon père, j'ai cessé de le détester. Parce que j'étais, comme lui, pris au piège. Derrière ce visage rayonnant, je n'avais pas reconnu la fragile et timide Olivia. Je ne m'étais pas aperçu que c'était leur troublante ressemblance qui m'attirait comme la flamme le papillon. Je ne voyais en elle qu'une force de destruction contre laquelle il me fallait lutter sans répit, pour rester fidèle à Olivia...

Bouleversée, Olivia n'osa pas interrompre cette confession.

— Je ne pouvais accepter de désirer Diana. Je n'en dormais plus. Un soir d'orage, n'y tenant plus, j'ai voulu sortir avec Roi des sables... saisi d'un accès de folie comme seuls les amoureux en sont capables. Le lendemain matin, quand j'ouvris les yeux, Olivia était près de moi, miraculeusement. Et j'ai découvert qu'Olivia et Diana étaient deux visages d'une même femme...

— Oui, murmura-t-elle doucement.

— J'ai eu peur, je me suis senti trahi. Comme mon père. Et j'ai réagi avec violence. Pourtant, tu m'as pardonné, n'est-ce pas ?

— Oui, Lincoln...

— Malgré tout, la peur était enracinée en moi. J'aimais Diana pour sa beauté, mais je la croyais perfide. Et je craignais qu'Olivia ait disparu à tout jamais. Pour rien au monde je n'aurais avoué cet amour, cette passion qui brûlait en moi comme un soleil. Et j'ai préféré te perdre plutôt que de te dire la vérité...

Il saisit ses mains et la regarda intensément.

— Je ne veux pas que tu sacrifies une part de toi-même. Je te veux telle que tu es, Diana l'inaccessible, Olivia la farouche... sensuelle et spontanée, rayonnante et secrète.

Elle resta silencieuse tandis qu'il l'interrogeait du regard.

— Dis-moi que ce n'est pas trop tard, je t'en supplie ! Olivia, dis-moi que tu acceptes de m'épouser...

Elle posa un doigt sur les lèvres de Lincoln pour le faire taire et murmura :

— Je t'aime, Lincoln... Je n'ai jamais cessé de t'aimer.

— Olivia ! ma chérie...

Riant et pleurant de joie, ils unirent leurs lèvres et furent parcourus d'un merveilleux, d'un délicieux frisson. Jamais ils n'avaient atteint un bonheur aussi parfait, une harmonie aussi bouleversante. Mais, cette fois, ils avaient devant eux la vie pour en découvrir les merveilleuses, les infinies variations et célébrer cet accord parfait.

Ce livre de la *Série Désir* vous a plu. Découvrez les autres séries Duo qui vous enchanteront.

Romance, c'est la série tendre, la série du rêve et du merveilleux. C'est l'émotion, les paysages magnifiques, les sentiments troublants.
Romance, c'est un moment de bonheur.

Série Romance : 6 nouveaux titres par mois.

Harmonie vous entraîne dans les tourbillons d'une aventure pleine de péripéties.
Harmonie, ce sont 224 pages de surprises et d'amour, pour faire durer votre plaisir.

Série Harmonie : 4 nouveaux titres par mois.

Amour vous raconte le destin de couples exceptionnels, unis par un amour profond et déchirés par de soudaines tempêtes.
Amour vous passionnera, *Amour* vous étonnera.

Série Amour : 4 nouveaux titres par mois.

Série Désir : 6 nouveaux titres par mois.

Série Désir

81   JANET JOYCE
Aimer jusqu'au vertige

Loin des tumultes de la vie, la romantique Linda
Delaney coule des jours paisibles sans pressentir
l'ouragan qui se prépare. Car rien ne laissait présager
ce tourbillon qui l'entraîne lorsqu'elle croise le regard
étincelant de Marc Stafford, un homme taillé
pour vivre fort et vite.

82   BRENDA TRENT
Les pièges du cœur

Julian Vaughn, en Chine ! Quelle ironie de le retrouver
ici, à l'autre bout du monde, au moment même
où Cheryl Alexander joue sa carrière !
Pourtant, il lui suffirait d'ouvrir son cœur pour
que le pays de la sagesse devienne celui d'une
merveilleuse déraison.

83   EVE GLADSTONE
Dans l'île de tes bras

Magique! C'est le premier mot qui vient à l'esprit
de Cathleen Scott quand Keith Ballinger surgit
dans le splendide manoir qu'elle restaure, au cœur
de l'Irlande. Mais Keith l'enchanteur est-il l'homme
que, de toutes ses forces, elle appelait?

85   DIXIE BROWNING
Un charme insolent

Rousse sauvageonne et peintre de talent, Karen Laris
est bien décidée à s'acquitter de sa tâche:
faire le portrait de trois enfants, qui sont aussi
les turbulents neveux de son hôte, John Sinclair.
Un hôte beaucoup trop séduisant...

86   SUZANNE MICHELLE
L'amour aux deux visages

Katsy Spencer a une vie bien remplie. Le restaurant
original qu'elle a créé est en passe de devenir
le meilleur de Houston et la relation qui s'ébauche
entre elle et David Gardner est prometteuse.
Seule ombre au tableau: le mystérieux et redoutable
critique gastronomique Harry Bailey, dont un article
pourrait remettre tout en question!

Duo

Série Désir

Ce mois-ci

Duo Série Amour

9 **La symphonie des cœurs qui s'aiment** J. ROSE
10 **Tempêtes et passion** ELAINE TUCKER
11 **Clair de lune** JEANNE GRANT
12 **Tu seras mon destin** LEE DAMON

Duo Série Romance

225 **Après tant de mensonges** FRAN WILSON
226 **Sur le volcan** BRITTANY YOUNG
227 **Fantasque Esmeralda** DIANA MORGAN
228 **Une lueur dans la nuit** DOROTHY VERNON
229 **Des mots pour t'aimer** ANN COCKCROFT
230 **Grâce à une mélodie** ELIZABETH HUNTER

Duo Série Harmonie

41 **Dans le vent du désert** PARRIS AFTON BONDS
42 **Souvenir d'une passion** ANNA JAMES
43 **Un voyage aux Caraïbes** MONICA BARRIE
44 **Jeux de scène** KATHRYN THIELS

Achevé d'imprimer sur les presses de l'Imprimerie Bussière
à Saint-Amand-Montrond (Cher)
le 15 novembre 1984. ISBN : 2-277-85084-5. ISSN : 0760-3606
Nº 2445. Dépôt légal : novembre 1984. Imprimé en France

Collections Duo
27, rue Cassette   75006 Paris
diffusion France et étranger : Flammarion